WILDER BOYS

荒野男孩

探险小说系列

2

HUANGYE SHILIAN

荒野试炼

[美] 布兰登·华莱士 著
任梦 译

GUANGXI NORMAL UNIVERSITY PRESS
广西师范大学出版社
·桂林·

出版统筹：施东毅
品牌总监：耿　磊
选题策划：陈显英
责任编辑：李茂军
助理编辑：韩杰文
美术编辑：卜翠红
版权联络：郭晓晨
营销编辑：杜文心　钟小文
责任技编：李春林

著作权合同登记号桂图登字：20-2018-026 号

图书在版编目（CIP）数据

荒野男孩探险小说系列. 2，荒野试炼 /（美）布兰登・华莱士著；任梦译. —桂林：广西师范大学出版社，2018.10
书名原文: Wilder Boys
ISBN 978-7-5598-1207-0

Ⅰ. ①荒… Ⅱ. ①布…②任… Ⅲ. ①儿童小说－中篇小说－美国－现代 Ⅳ. ①I712.84

中国版本图书馆 CIP 数据核字（2018）第 219178 号

广西师范大学出版社出版发行
（广西桂林市五里店路 9 号　邮政编码：541004
网址：http://www.bbtpress.com）
出版人：张艺兵
全国新华书店经销
广西广大印务有限责任公司印刷
（桂林市临桂区秧塘工业园西城大道北侧广西师范大学出版社集团有限公司创意产业园内　邮政编码：541100）
开本：880 mm × 1 240 mm　1/32
印张：4　　　　字数：74 千字
2018 年 10 月第 1 版　　2018 年 10 月第 1 次印刷
印数：0 001~6 000 册　　定价：25.00 元

译序

儿时记忆中的老房子背后有一座几十米高的山，山上密布着品种不一的参天大树，夏日行走其中，一缕阳光也晒不到。上山下山只有一条小路，路旁长满了无论那时还是现在都叫不出名字的花草。翻译“荒野男孩探险小说”系列时，儿时记忆中的那座山，树荫下的山间小路，路边花草中野蜂飞舞的画面屡屡浮现在脑海里。

每一个人在儿时应该都有一个想要去冒险的念头。这个念头或许带有一丝孩童的淘气，可却是每个孩子纯净心灵的真实表现。这个冒险不一定要像书中的杰克与泰勒那样横穿大半个国家，身居荒野之中，甚至屡次让自己身处险境。这个冒险可以很简单，简单到放学独自步行回家一次，简单到与三五个玩伴在小山上捡松果，简单到鼓起勇气摸一摸自己一直不敢靠近的小狗。

孩子们心中的冒险，并不是要搞出什么惊天动地的大事，更多地，其实是想要用自己的眼睛去看，用自己的耳朵去听，用自己的双脚去丈量，用自己的内心去感受。纵使孩子们可以从长辈的口中了解这个世界，可以通过互联网看遍天下风景，可又有什么能比得上自己身处其中、用心感受来得真切呢？

当然了，在冒险的过程中难免磕磕绊绊，不可能一帆风顺，不然“险”从何来呢？每一次冒险都会有害怕，会经历担忧，甚至可能会受伤，可是这些都不能阻挡想要去冒险的孩子们。也许是因为初生牛犊不怕虎，可能回过头去想也会觉得心惊胆战；也许是因为要在小伙伴面前强装镇定，可能独自一人或回到父母身边后也会号啕大哭；可是在冒险中每个孩子都是那么坚强、那么无畏，正如书中的杰克与泰勒一样。

从初踏旅途的恐惧不安，到旅途后期的冷静稳重，两兄弟不仅走完了这趟冒险的旅程，更是体验了一段不同寻常的成长历程。其实，杰克与泰勒的冒险已经远远不是小打小闹的冒险了：横穿大半个美国，住在荒野中的小木屋里，自己扛枪打猎……随便挑出一项来，别说孩子了，即便换个成年人，也未必能够坚持下去。可是，他们俩就做到了。一路走来，无论遇到什么问题，两个孩子始终互相鼓励，灵活运用自己从书中、从长辈那儿学到的知识，克服了一个又一个困难。同时，他们又互相照顾，身为哥哥的杰克时刻想着要保护好弟弟，身为弟弟的泰勒又总是希望能够帮助哥哥分担一些烦恼。

这不就是最好的成长历程吗？这不就是我们对孩子们的期望吗？在面对问题时，孩子们能够迎难而上，互相鼓励、支持，彼此关心、照顾，最终一起解决问题，向着更美好的远方走去。如此想来，那么渴求冒险的孩子们，不也正是在渴求成长吗？

从第一部到第四部，译者见证了杰克与泰勒的成长。这一路上，有过艳阳高照，也有过阴霾暴雪；有过欢声笑语，也有过伤心流泪；有过顺风顺水，也有过祸不单行。就如同我们每一个人的成长一样，喜怒哀乐终究都是要体验的，缺少了其中哪一样的真切感受，人生似乎都是不完整的。希望读到本书的每一位读者都能勇敢地踏上人生的冒险旅程，用自己的眼睛去欣赏沿途的风景，用自己的内心去感受身处的世界，不惧艰险，享受成长。

本书翻译完成时，已经跨入了戊戌狗年。说来也巧，书中杰克与泰勒最忠诚的伙伴——科迪就是一条杰克罗素梗。在狗年完成这本译作，想来也是冥冥之中的一种缘分。这本译作就如同译者的孩子一般，而现在，这个孩子将走出家门，踏上冒险的旅程。途中，她一定会遇上包括你们在内的形形色色的人，她会给你们带去欢乐，但她肯定也会淘气地惹你们生气，希望你们能够给她以温柔、包容和帮助。

最后，感谢广西师范大学出版社每一位为“荒野男孩探险小说”系列的出版而努力的员工。谢谢你们，正是你们的辛勤工作，让杰克与泰勒的故事化为一个个铅字，送入更多读者的手中。

刘思捷

2018年3月9日

目录

第一章

抱着破釜沉舟的决心，孩子们沿着小路北行，绕道珍妮湖西侧。他们把灵感台抛在了身后，就像爸爸在信中写的那样。一路上经过几个较小的湖泊之后，他们终于向大提顿山脚下走去。为了不引起注意，他们并没有走山道。他们穿过灌木丛，爬上岩石。幸运的是，地势并不太陡。然而，缺少食物的后果很快就显现了。杰克感觉自己爬上一个小斜坡都很吃力，而泰勒更是远远地落在了后面。他们必须找到一个营地，在那里，他们可以休息一会儿，想想怎样弄到些食物。

当他们快走到那三条小溪汇入的湖泊时，杰克忽然听见泰勒高喊了一声：“啊，糟了！”

杰克转身，匆忙回到泰勒身边，担心他出了什么事。

只见泰勒举起了他的胳膊。

杰克以为会看见一个可怕的裂口或其他什么伤口，却只听见弟弟唉声叹气地说：“杰克，有只鸟刚刚在我手上拉了大便。”

尽管有点儿恶心，他们还是大笑起来。

“真高兴它选中了你。”杰克说，“幸好没拉在你头上。”

泰勒瞪了他一眼：“下次目标就会是你。”

“把它擦掉，接着走吧，我们马上就到了。”

泰勒弯下腰，在青苔上擦去鸟屎，但擦完便一动不动地盯着它研究起来。

“怎么了？”杰克问。

“杰克，鸟屎里有浆果的种子！”

“那又怎么样？我们该——”

这时，杰克忽然意识到了泰勒在说什么。

“啊，我明白了！”他对弟弟说，“我们多多留心一下吧。如果这只鸟发现了浆果，那附近肯定还有许多。”

他们往既定的方向继续前进，一路上走得很慢，仔细在灌木丛中寻找着浆果。很快，泰勒发现了一小片长满了紫黑色浆果的灌木丛。

“这些看上去像是蓝莓。”他说，“爸爸没有在他的日记本上画过类似这样的东西吗？”

杰克立刻拿出日记本，翻出了一张画，画上的植物与他们看到的一模一样。在这张素描的下面，爸爸潦草地写了几个字：“越橘莓——可食用！”

泰勒从灌木丛里摘了一颗，扔进嘴里。

“哇！我刚刚发现了自己最喜欢吃的东西！”

他和杰克很快便摘光了那丛灌木上的浆果，然后开始积极搜索其他的灌木。没过一会儿，他们又发现了一棵不同的植物，这棵植物上长着荆棘和红莓。杰克不需要再去翻阅爸爸的日记本就认出了这种浆果。

“树莓！”他惊叹道。

“喔，是的！”泰勒说着，摘了两颗成熟的果实，扔进嘴里，“杰克，我能习惯这种吃的。”

孩子们决定用杰克多余的一件T恤衫当袋子，去收集尽量多的浆果。杰克慢慢地往前走，仔细地检查着每一丛灌木，科迪和泰勒就跟在他的身后。他们装了半T恤衫的浆果之后，来到了一片完全没有浆果灌木丛生长的地方。

“好了，我看这附近找不到更多的浆果了。”杰克说，“泰勒，你在做什么？”

他刚转身便看见弟弟把一串浆果放进了嘴里。弟弟拨浪鼓似的对杰克摇着脑袋，一脸惊讶。

“怎么了？我又吃了一串浆果啊。”

“哪种浆果？”杰克急切地跑上前问。

“我也不知道。有什么区别吗？这些不一样的浆果都很好吃啊。”

“泰勒，有些浆果是有剧毒的。快吐出来！”

“啊？”

“我是认真的——趁你还没完全吞下去。”

泰勒把嚼烂了的浆果吐到了地上。

杰克递给泰勒剩下的半瓶水，然后仔细看了看刚才泰勒摘下浆果的那片灌木丛。他又拿出爸爸的日记本翻看，然后停在其中一页上，指给泰勒看。

泰勒咕噜咕噜地漱了口，把水吐在地上。“毒莓——致命！”他读道。爸爸特意在“致命”这个词下面画了三下。

“杰克——”泰勒倒抽了一口凉气，脸色在阳光下显得煞白。

杰克一把抱住了弟弟：“没事儿。我们这次很走运。”

孩子们继续在树林中穿梭，一路翻山越岭，直到他们来到利湖西侧。此地有三条溪流交汇。他们刚到湖边，杰克便看见湖面上有条鲑鱼一跃而起，一口吞下低飞在水面上的一只蝴蝶。

“这个地方不错，可以待上一会儿。”杰克说。尽管泰勒刚才差点儿吃了毒浆果，但他们好歹算吃过一些东西了，杰克又恢复了气力，泰勒也一样。

“我们应该在哪儿扎营呢？”泰勒问。

“先侦察侦察。”

往常杰克会选择靠近湖边的地方，但排水渠旁边正好有条登山道，虽然那条小路看上去并没有多少人走，但杰克不想冒任何风险。好在泰勒发现了一小块藏在树丛中的空地。

“这个地方真是太完美了。”杰克对他说。

“我希望能有个帐篷。”泰勒说。

这个问题杰克也想了一整天。他告诉泰勒之前见过的河狸小窝。

“如果河狸可以用木棍造房子，我们应该也能。”他说。

他们开始收集粗树枝和干枯的木头，连科迪也拖了一根树枝跟在泰勒后面帮忙。

然后，他们发现了一棵长歪了的小云杉，上半树干几乎与地面平行，高度大约与杰克的脑袋齐平。

“如果我们把整捆树枝都搭在这棵树上，就有个斜顶的小窝可以爬进去了。”杰克说。

于是，他们一起把较大的树枝都搭在了这棵长歪的云杉上，再把其他的树枝垂直搭在上面。他们花了好一会儿才弄清楚该怎样做。有好几次，几根树枝一松动，小窝就塌了。但最终，他们还是搭起来了一个非常稳固的框架。做好框架之后，他们把长满了绿针尖的小树枝都覆盖在上面，形成了屋顶。

然后，孩子们和科迪爬了进去，彼此看着，咧开嘴笑了。

“还不错。”杰克说。

科迪似乎也很喜欢这个小窝，兴奋地在每个角落里嗅来嗅去。

泰勒呼吸着周围绿树枝的新鲜味道：“这像是我们以前在屋后的‘丛林’里建的堡垒——只不过更好一点儿！”

杰克笑了起来：“是啊。我都忘记那些了。”

他们一想到家，笑容便渐渐消失了。沉默了一会儿，泰勒问：“杰克，你想过妈妈怎么样了吗？”

杰克拾起一捆松树枝，开始一根根地拔松针。“我不知道，但医院里的医生肯定清楚要做些什么。我希望他们已经让她康复了。”

“然后呢？”泰勒问，“她还是会和布尔在一起，不是吗？有什么法子能阻止布尔打她——甚至把她杀了吗？”

杰克没有回答这个问题。

“杰克，也许我们能从这儿借个电话打给她。也许我们应该试试——不是也可以趁机再找点吃的吗？”

杰克摇摇头：“太冒险了。人们正在四处搜寻我们呢，那些护林员，甚至还有警察。只要我们给任何人打电话，他们都有可能追踪到。那时候，他们肯定会找到我们。”

“我们尽量不打太长时间嘛。”泰勒说，“你知道，就像那些人在电影里做的那样。追踪一个电话大概得花 30 秒的时间，不是吗？如果我们找个公用电话，然后——”

“不行！”杰克说得超乎想象的严厉，“妈妈也不会让我们冒险的。如果布尔发现我们拿了他的钱跑到了这里，那就糟糕了。简直糟糕透了。而且，我们是见证人，泰勒——那会让我们成为被追杀的目标的。”

其实，杰克不想打电话回家并不仅仅是因为布尔。他想起了妈妈躺在轮床上被抬上救护车时重伤的模样。

“她可能已经去世了。”他想，心里强忍着悲痛。如果真是这样，泰勒还是不要知道的好——至少现在不要。

他忍住泪水说：“来吧，我们把东西都拿进来。”

孩子们把背包放进了小窝里。杰克还把装着浆果的T恤衫袋子挂在了“屋顶”的一根树枝上。

“这样可以防松鼠和金花鼠。”他说。

泰勒说：“对。我已经看见两只在这儿转悠了。你觉得我们可以捉一只来吃吗？”

“嗯。”杰克之前从未想过，但这并不是个坏主意。只不过，这些狡猾的东西跑起来太快了，他们得设个陷阱。

“这是个好主意，”他继续对泰勒说，“但先捉几条鱼更容易些。我们看能不能做根渔竿，给咱俩和科迪来顿好吃的吧。"

上个暑假，孩子们都学过钓鱼，但在夏令营里，他们用的都是现成的渔竿和渔线。现在，他们什么都没有，不得不动手做了。两个人各自找到了约两米长的直木棍，然后找出他们带来的线，截下合适的长度，当作渔线。

"我们用什么来做鱼钩呢？"泰勒问。

"我不知道，"杰克说，"你有什么主意吗？"

孩子们开始翻找背包。杰克什么都没找到——连金属丝都没有。但没过一会儿，泰勒拿出了一把回形针。

"嘿，杰克，这些怎么样？"

杰克笑了："这些应该可以用。我装鱼钩的时候，你不如去找找鱼饵吧？"

"没问题。"

泰勒与科迪离开去了树林里。杰克开始试着把一个回形针做成鱼钩。他的小折刀上带着一对老虎钳，他用这把钳子做了个环扣，可以把钩子挂在渔线上。然后，他扭弯了回形针的另一端，做了一个鱼钩的样子。他一直摆弄着这个回形针，直到把弯钩尖又弄出了一个向下的弯儿，形成倒钩。

“这是我能做出来的最好的鱼钩了。”他暗自想着，又接着做了三个。

泰勒回来了，问：“怎么样？”

“行了。”杰克说着，把装好了渔线和鱼钩的渔竿给他看。

“酷！我捉了一条毛毛虫和几只蚱蜢做鱼饵。”

孩子们拿着渔竿来到湖边。这个湖泊约有 1.6 公里宽，他们刚来到岸边，就看见一条鱼跳出了水面。

“真是棒极了！”泰勒说。

他们站在水中凸起来的几块大石头上，给鱼钩挂上蚱蜢当鱼饵，然后把渔线抛入水中。刚放下鱼钩，杰克就感觉渔线被拽了一下。

“钓到了！”他大喊。

泰勒也感觉被拽了一下：“我也是！”

但太不走运了，孩子们一收渔竿，鲑鱼就挣脱逃走了。

“没事儿，”杰克说，“我们再来一次。”

孩子们试了又试，但回形针做的鱼钩却始终钩不住鱼。最后，泰勒绝望地扔下了渔竿。

“没用的，杰克，我们需要真正的鱼钩。”

泰勒跺着脚在岸边走，科迪一路小跑跟着。杰克又尝试了几次之后，也放弃了。

“送你们一顿免费大餐，不客气。”他走回小窝，一路愤懑地说，“希望你们喜欢。”

杰克又吃了几颗浆果，然后忙里忙外地赶在天黑前把小窝布置得尽量舒服些，而泰勒还在觅食。杰克一直觉得忐忑不安——如果不能尽快找到可以吃的东西，他们就没有机会去找爸爸了，没等发现麋鹿之颈究竟在哪儿，他们就会饿死在路上。即便他们能弄清楚那句话的意思也没有用。他的肚子已经饿得不会叫了，开始瘪下去。

“杰克，看我发现了什么？！”泰勒大喊着跑了回来。

他拿出了四个鸟蛋。

“太好了！”杰克赞叹道，“你在哪儿找到的？”

“我看见了一只鸟，有点儿像海鸥。科迪和我便四处寻找，然后就发现了这些蛋。”

“干得好，泰勒。”

“只不过，我们还是没有什么东西可以生火，对吗？”

“哦，没有，但我觉得可以生吃。”

孩子们彼此对视了一下，嘴里只觉得恶心，但剧烈的饥饿感已经穿透了他们的胃。

“你先吃吧。”泰勒说。

杰克愁眉苦脸地走到附近的大石头那儿，在旁边蹲下，然后小心翼翼地磕裂了蛋壳，再轻轻剥去一半，让生鸟蛋留在另外一半蛋壳中。橙黄色的蛋黄窝在里面颤颤悠悠的。杰克只是看看都觉得恶心。

“山里人都这样吃。”他一边告诉自己，一边把蛋送到嘴边，然后仰起脖子一抬手，想一口吞下这颗蛋，不去尝它的味道。

但这样做并没有用。他把这颗蛋咽下去的时候，感觉就像咽了一大团鼻涕。他咳嗽到想吐。

“呸！”他恶心地啐了一口。

泰勒的脸拧到了一块儿：“真的有那么难吃吗？”

杰克浑身一震：“有点儿。轮到你了。”

泰勒学着杰克的样子吃下了一颗蛋，然后立刻用他水瓶里的水漱了漱口。

“真的呀。”

“是啊。我想，另外两颗蛋应该给科迪。”

泰勒看着他：“我想的跟你一样。”

这时候，天开始黑了，是时候给小窝铺个像样的床了。孩子们找来新鲜的松树枝和树叶，铺得尽可能让自己觉得舒服和温暖。

科迪也爬了进来，和他们待在一起。睡在新床上，孩子们感觉十分温暖，尤其是和科迪蜷在一起的时候。

“还不错。”泰勒说。

“是啊。”杰克很满意他们做的一切。他们有了一个遮风避雨的地方，而且很温暖。饥饿是个大问题，但他打算第二天对鲑鱼发动新一轮攻击。一旦解决了这个问题，他们就可以重新上路，寻找爸爸的踪迹了。杰克满怀欣喜地渐渐沉入了梦乡。

但六个小时之后，一声巨响忽然把他惊醒。

第二章

“怎么了，杰克？”泰勒大喊。

一根粗大的横梁从他们的窝棚上掉了下来，砸在杰克的肩膀上。科迪一跃而起，狂吠不止。杰克刚要坐起身子，脑袋却撞到了另一根树枝上。

“泰勒，你还好吗？”他摸着黑想弄清楚自己在哪儿。

“我不知道！你在哪儿？”

科迪还在汪汪乱叫，不过已经在几米之外了。杰克还听见了一些别的声音，粗重的喘息，低沉的声音，听起来像是什么动物：个头很大的那种，相当庞大！

“杰克，附近有东西！”

泰勒正说着，整个窝棚从顶上垮塌下来，一声可怕的巨响充斥了他们的耳朵。

“抓住我！”杰克大喊，但他话音未落，就感觉有个庞大、沉重、毛茸茸的东西掠过了他的肩膀。他们的小窝塌得更厉害了，杰克疯狂地寻找着弟弟，手忙脚乱地爬了起来。

“泰勒，你在哪儿？”杰克正喊着，一根小树枝砸在了他头上。

“我在这儿！”泰勒大声回道。忽然，杰克感觉弟弟的手指扣住了他的手。

“快！离开这儿！”

孩子们挣扎着爬出了零乱的木头堆，站了起来。科迪仍在狂乱地叫着，这次孩子们终于明白了原因。

在微弱的星光下，那只动物显得身形庞大。它发出粗重的呼吸声，像是一个火车头——一个怒气冲冲的火车头，它把树枝和木棍挥到一旁，就像在摆弄稻草。这是一只熊！这时，熊大吼一声，扑了过来。

“它冲我们来了！”泰勒大喊，“快跑！”

两个男孩毫不犹豫地转身就跑，冲进了树林深处。

“我们背靠背，多弄点儿响声出来！”杰克大喊。

孩子们放声大喊，科迪也在一边汪汪大叫，准备与那只熊一较高下。他们甚至高举着自己的衣服在空中挥舞，想让自己看起来尽可能大。兄弟俩都在等着这只熊进攻，但他们大喊大叫的声音却把熊吓退了，几秒钟之后，那只熊慢慢走回了他们的营地。

泰勒从树干之间眺望那个倒塌的小屋：“杰克，它在干吗？”

杰克看着那只熊把小窝拆开。“在找浆果！”他忽然意识到，“它要找的不是我们，而是我们摘的那些浆果！”

那只熊似乎听见了他们的话，停下刨挖小窝的爪子，回头朝着他们的方向张望。

“哎呀！”泰勒吓了一跳。

但在那一瞬间，科迪奔了出去，在那只熊身后打转，还在它的后腿上咬了一口。那只熊转了个身，一掌挥开了这只讨厌的猎犬。等科迪再次跑回来时，这只熊追着它，离开了孩子们的小窝。

“当心啊，科迪！”泰勒大喊，但这只小狗知道自己在做什么，它一边叫着，一边引着这只熊离开了他们的营地。只要这只熊停下来，转身朝小窝的方向走，科迪就会再次跳起来，咬它一口。渐渐地，科迪和那只熊的声音消失在远处。

杰克和泰勒小心翼翼地回到了他们的小窝。那只熊已经把它变成了一个柴火堆。

“天哪！”泰勒说，他的呼吸还有些急促，“刚才太危险了。”

“对啊，”杰克同意，“真是个教训，看谁以后再把食物放在睡觉的地方。幸好那不是一头灰熊。”

“你怎么知道？那个东西看起来个头很大呢。”

“灰熊是个大驼背，而且个头也是刚才那只的两倍。刚才绝对是一只黑熊，我们真是太走运了。”

“还好有科迪。”

“对啊，又是科迪帮了忙！”

泰勒从小窝上拾起了一根木头：“我希望自己也能像它那么勇敢！”

正说着，科迪一路小跑着回到了营地，还使劲儿地摇着尾巴，仿佛什么都没发生过。泰勒拍了拍它，把剩下的浆果都给了它。这时候，一道亮丽的橘红色光芒开始掠过东边的群山。

“天要亮了。”泰勒说。

杰克拍扁了一只蚊子：“是啊，我们应该继续上路了。”

“好吧，但我得尽快找点吃的。”泰勒抱怨着。

杰克点点头，心想：“如果要继续寻找爸爸，我们就得补充些蛋白质，让自己先恢复点力气。”

“好的。”他说，“不如我们重新把小窝搭好，再试试那些鲑鱼吧？”

“你觉得那只熊会回来吗？”泰勒问。

“科迪在就不会。”杰克说。尽管他说的比想的更自信一些。

*

在接下来的几个小时里，孩子们一直努力重新搭建他们的小窝。这次的速度快多了，因为他们已经弄清楚了该怎样做。等到太阳从地平线上升起时，他们已经把那只熊的踪迹都清除了。

“现在，要去捉几条鱼了。”杰克自言自语道。

泰勒决定做一支长矛来戳鱼。趁他去找笔直的长杆子的时候，杰克拿着爸爸的日记坐着翻阅，想找找其他的法子。爸爸用了两页纸来画几种可以用的好鱼饵，以及装上鱼钩的最佳方法。

“如果我们能有几个鱼钩就好了。”杰克喃喃自语。

但在后面那页上，爸爸画了一样或许可以用得上的工具——捞网，只需要找一根叉状的树枝，把T恤衫在枝丫间撑开就能做成。杰克之前一直忽略了那一页，但这次这一页终于引起了他的注意。

“啊……”他第一次发现其实捞到一条鱼，可以不必费劲儿地用鱼钩和渔线。于是，他立刻动手，开始制作爸爸画的这件工具。与此同时，泰勒也带了一根长杆子回来，开始用他的折刀削尖末端。

很快，孩子们就准备好继续战斗了。

“好了，这次鱼肯定跑不了了。”杰克说。他们走向湖边时，又看见一条鱼跳出了水面。

“它们好像也饿了。”泰勒说，“我们分开吧，我走这边，你走那边。谁捉的鱼多，谁就可以挑选今晚要看的电视节目。”

杰克笑了：“真是有趣。”他一边说，一边逆时针沿着湖边走，想找个网鱼的最佳地点。他发现了另一块凸出湖面的石头，决定趴在上面，等着鱼游过来。这块石头附近的水域约有半米深，他看见一些米诺鱼和鲮鱼缓缓地游过，或兴奋的时候哧溜一下蹿过去。没过一会儿，有一条 25 厘米长的鲑鱼游了过来，它被这块石头的阴影吸引住了。

杰克抓紧了手里的网，随时准备伸进水中捞鱼。这条鱼游得越来越近了。

哗啦啦！

杰克把捞网往水里一戳，又迅疾地捞了上来，水花溅在他的脸上。当他睁开眼睛时，看见捞网里……

什么也没有。

没有鱼，只有湿漉漉的 T 恤衫软塌塌地挂在枝丫间。

杰克转头看了泰勒一眼，刚好看见他把长矛刺入水中，但他也一样，什么收获都没有。

“我们得快点儿。”杰克喃喃说道。

他重新趴在石头上，又开始等待。有两次，鲑鱼与他擦身而过。又有两次，杰克差点儿捞起一条。

“见鬼！”杰克恼火地站了起来。这会儿没什么蚊子，因为太阳把湖面烤得越来越热了。不幸的是，这就意味着鱼儿也从岸边游到了更深更凉的水底。杰克的肚子咕咕叫得厉害。

“我们一定得捉点什么，不然，我们就得冒险再回到镇上买东西——要么会饿死！”

他又看见一条鲑鱼跳出水面吞吃昆虫。忽然，他有了一个主意，于是立刻开工，选了几块大石头堆在水里，直到石头的顶部露出水面。

“你在做什么？”泰勒问，他和科迪走回了杰克身边。

“我要做个捕鱼的陷阱，”杰克对他说，“拿些石头来。”

泰勒立刻明白了这个计划。他们一起建了两道石墙，分别从岸的两边延伸出来。在石墙弯曲会合的地方，他们留了一个半米宽的豁口。

“现在，我们得投鱼饵了，”杰克说，“你是鱼饵专家。”

泰勒带着科迪又去抓了几只蚱蜢，而杰克去找了一块合适的石头，扔进水里就能立刻挡住这个陷阱的豁口。泰勒回来后，他们扔了两只蚱蜢在水里，尽量扔得远一些。没过一会儿，他们就看见水面泛起了水花，有一条鱼咬住了其中一只蚱蜢。

“现在扔几只到陷阱里。”杰克说。

泰勒又扔了两只蚱蜢，刚好扔在陷阱豁口的内侧。

几分钟后，孩子们看见一条鱼游进了陷阱中，吞吃那只蚱蜢。

杰克伸手捏了捏泰勒的胳膊。“上钩了！再扔一只。”他轻声说。

泰勒继续扔蚱蜢，又有两条鱼游进了陷阱。杰克拿起那块“石头门”，慢慢绕到了陷阱的豁口旁边。鲑鱼看见了他，立刻游窜奔逃，但它们不知道陷阱的豁口在哪儿，只能一次次撞在石壁上。

杰克扔下石头，挡住了豁口：“泰勒，拿捞网！”

泰勒拿起捞网，踏进水中。鱼儿们逃得更疯狂了，哧溜哧溜地蹭过他的腿。杰克也跳了进来，他俩一起把一条鱼逼到了角落里。科迪兴奋得汪汪直叫。

“快！”杰克大喊。

泰勒一把将捞网戳入水中。无论那条鲑鱼怎样挣扎着想逃脱，泰勒都紧紧地网住它，然后一把提了起来。再打开这件 T 恤衫，里面有一条 30 厘米长的美洲红点鲑，它的彩色斑点在阳光下闪闪发光。

“我捉到了，杰克！我捉到了！”

第三章

“干得好！”杰克大喊。

他俩一起抓着这条还在挣扎的鱼，匆匆地回到岸上，在一块石头上三下五除二把鱼杀了。然后，他们又跑了回去，蹚进水里，利用石壁陷阱，又捉到两条鱼。

泰勒大呼小叫，声音响彻湖面。

杰克也高兴得顾不上提醒弟弟要小声点儿。他们用小折刀把几条鱼宰杀后清理干净，一起拿回了营地。

“好家伙，我饿死了。”泰勒说，“我们要怎样烹饪这些鱼呢？”

杰克还在兴高采烈地想着捉到鱼的事，几乎忘了他们还得把鱼做熟。

“那个，我们也可以生吃。”

孩子们交换了一下眼神，想到之前生吃鸟蛋的感觉，他们都咬紧了牙关。

“那个嘛，”泰勒说，“不必吧。”

杰克低头看了看鲑鱼，发现有只蚂蚁正在鱼身上爬着。他伸出手指弹走了蚂蚁。

“嘿，”泰勒说，“我有了一个主意。”

杰克看着弟弟：“你知道我们怎样做可以生火吗？”

“是的，杰克。还记得我们社区里那个奇怪的孩子乔伊吗？”

“当然。”

“嗯，有一次我看见他用一个放大镜烧着了蚂蚁。如果我们也这样做会怎么样呢？只不过不是蚂蚁罢了！”

杰克的脸变得明媚起来：“太对了！我记得你跟我说过那件事儿。你太聪明了，泰勒！”

孩子们立刻堆起了各种各样的引燃物——从小树枝到枯树叶再到粗木棍，只要是能找到的，他们都堆上去了。然后，他们清理出一块地方，泰勒掏出小折刀，打开了其中一件工具：一个小放大镜。

“我们先点哪个？”泰勒问。

“这个东西应该可以烧起来。”杰克说着抽出了一张用过的纸巾，这是他在卡车休息站时塞进背包里的。

“没错！”

太阳就高高地挂在头顶上，泰勒可以聚焦一小束强烈的阳光投射在那张纸巾上。没过一会儿，这张纸就开始冒烟，继而变得焦黄，接着冒出了一个小火苗。

“行了！”杰克说着，拿几根小树枝架在了烧着的纸上。他在夏令营里学过，生火的技巧不仅是添加燃料，而且要给出足够的空间，让氧气可以接触火苗。起初，他以为自己快把这个微弱的火苗弄灭了，但一根细小的树枝终于烧了起来。

“火还在烧呢！”泰勒兴奋异常，“再添点儿木头吧。”

孩子们不断把越来越粗的木棍往火里添，直到火能燃起熊熊大火。

“好家伙，这是我见过的最美丽的东西。”泰勒说。

杰克深表赞同。

由于没有任何炊具，他们把鱼穿在了树枝上，用手拿着在火上烤。

“这就像在烤香菇，”泰勒说，“不过要好得多。”

“是的。”杰克说着，用空闲的那只手撕了一点儿鱼肉扔给科迪。眼看就能吃上两天以来最像样的一顿餐食，科迪早已经流了一地的口水。孩子们在之前的夏令营活动中，曾经烹饪过蓝鳃鱼，但那时候他们有煎锅和黄油。他们并不确定一条鲑鱼应该烤多久，于是拿着这条鱼在火上翻来覆去地烤，直到鱼皮变得又脆又黑。然后，他们开始用手去撕鱼肉。

“啊，太好吃了。”泰勒嘟哝着把嘴里的鱼肉咕噜一下吞了下去。

“是啊，”杰克说，“现在我可以肯定地说，这是世界上最好吃的东西！”

泰勒笑嘻嘻地喂了两块鱼肉给科迪。它坐在那儿可怜巴巴地看着兄弟俩，想多吃一点儿。

“最棒的是，”他说，“这湖里全都是鱼。等我们吃完了，再去弄些来。”

“完全同意。”杰克说。“如果我们还要走很远的路，却没有像样的食物，我们就完了。”他想。

然而，就在此时，有人大声喊了起来：“嘿，小子！你们在那儿干吗？”

“糟糕！”杰克说着跳了起来，跟着就是泰勒和科迪。

有个穿着暗绿色裤子和灰色纽扣衬衫的人走出了树林，就在距离他们不到十米的地方。

“你们俩孩子在这儿干吗？”这个护林员走过来时又问了一遍。

科迪轻声低吼起来。

“哦，没做什么。”泰勒说。

“我们正在生火，好把蚊子赶走。”杰克说。

“你们有野外露营许可证吗？”

“这个——”泰勒刚想说些什么，却被杰克打断了。

“我们不知道需要这个证件，”杰克说，“你能给我们一个吗？”

护林员仔细打量了他们一番：“你们多大了？父母在哪儿？”

“他们，哦，正在前面扎营呢。我们待会儿就过去找他们。”

护林员皱了皱眉，说：“你们已经违反了五条园规，包括未经许可擅自露营、在非指定区域架篝火、在有熊出没的地方带着狗……还有，就我能看到的而言，未经许可擅自钓鱼。那些证件，我估计你们一个也没有，对吗？”

“我们弄丢了。”泰勒脱口而出。

“这下好了。”杰克想，“为什么不直接告诉他是科迪吃了呢？”

护林员轻轻哼了一声，然后说：“行了。那样的话，我想，我们得把这堆火灭了。然后，你们两个孩子得跟我回去。”

杰克的心脏狂跳起来。

“如果我们跟他回去的话，他就会发现我们是谁，然后把我们送回布尔身边。我们就再也找不到爸爸了。”

“我们不是有意要做错事的。”杰克说。

“我知道你们不是有意的。”护林员说，“但规矩就是规矩。”

“那我们可以拿上我们的东西吗？就在那儿。”杰克指了指他们的小窝。

护林员点点头：“动作快一点儿。我们得把这堆火灭了。”

“好的。谢谢！”

杰克、泰勒和科迪朝着他们的窝棚走去。杰克能感觉到护林员一直在后面看着他们，还听见他冲着对讲机说话。

“杰克，我们怎么办？”泰勒小声问。

“你能跑多快？”杰克突然说。

他们走到窝棚旁边，立刻收拾好了背包。

“那些浆果怎么办？”泰勒轻声问。

“不带了，我们可以再去找。”

“你们收拾好了吗？”护林员大声问道。

杰克回头看见他走了过来。

“跑，”杰克一声大喊，“快啊！”

第四章

孩子们拔腿就跑，科迪紧跟在后面。他们匆匆穿过树林，一路跑回了湖岸边。护林员又在后面嚷嚷起来，杰克似乎还听见了脚步声，但是当他回头看时，发现那个人并没有追过来。恰恰相反，他一直在和对讲机说话。

“我们得找个地方躲起来——要快！”杰克对弟弟说。

“对，但躲在哪儿？”

杰克迅速看了看前面的湖岸，这里是东西向走势，北边背靠陡峭的山坡，只有一条窄窄的小道可以通行。

这个地方太容易让另一个护林员瓮中捉鳖了。

除了这条小道，他们仅有的选择，就是溯流而上，沿着一条小溪前行了。杰克并不知道小溪的另一头在哪儿，但他很快便做了决定。

“跟上，”他对泰勒说，“从这儿往上走。”

“这是去哪儿？”

“我不知道，但如果我们待在湖边，他们肯定会抓住我们的。”

他们沿着怪石嶙峋的山涧匆匆往上走。虽然山脊上长着一些树木，但这条小溪的河床与河岸都光秃秃的，布满了石头。

“你觉得他们会派直升机来找我们吗？”泰勒问。他仿佛知道杰克在想什么。

“我不知道。”杰克说。他已经爬得有些气喘了。

“肯定是高原反应。”他想。虽然大提顿山不是珠穆朗玛峰，但还是比匹兹堡的海拔高得多。

泰勒也艰难地呼吸着。只有科迪似乎爬得很带劲儿。

他们一直沿着那条小溪走，但脚下的路变得更陡峭了。很快，他们来到一堆碎石坡的下面。在他们左边，这条路一直向上延伸，通往一片布满岩石和积雪的荒凉得像月球表面一样的地方。那里看不见一棵树，没有地方躲藏。

“不能去一个容易困住我们的地方。”杰克想。

而在右边，兄弟俩可以看见，有一道小小的山脊，很可能通往某个更好的地方。

“我们爬上去吧？”泰勒指着那边，气喘吁吁地说。

杰克又喘了一口气：“啊，好吧。”

于是，三个小伙伴离开了那条小溪，开始向上攀爬右边陡峭的山坡。孩子们一路爬得很艰辛，碎石从他们的脚下滑落，他们很快就手脚并用地开路了。

“我感觉自己像只山羊。”泰勒喘着气说。

杰克已经喘得说不上话了。不过，十五分钟后，他们爬上了山脊高处。孩子们停了下来，都感觉有些筋疲力尽，瘫倒在到处是石头的地上。

“哇。”杰克感叹道。

从坐着的地方，孩子们可以俯瞰一个小小的山谷。虽然已经是七月了，但山谷里仍然有一大半地方堆着雪。在山谷下面，融化的雪水汇成一条小溪流下，最终流入一个他们迄今为止见过的最大的湖泊中。

“那是杰克逊湖吗？”泰勒一边问，一边从背包里拿出他的水瓶。他痛饮了一番，然后把水瓶递给哥哥。杰克也咕噜咕噜地从瓶子里喝水，然后拿出了从访客中心买的地图。

杰克看地图的时候，泰勒也凑了过来，从他身后张望。

“是的。那就是杰克逊湖。”杰克说。

“好家伙，真大啊！”

“根据这张地图，杰克逊湖约有 8 公里宽，16 公里长。”

“你觉得这里就是瀑布所在的地方吗？”泰勒问，“就是爸爸说让我们去找的那个瀑布。”

“也许吧，”杰克说，“但我不知道怎样才可以找到它。我不知道爸爸想的究竟是什么。‘远眺麋鹿之颈的另一边’，说真的，不明白。”

“好吧，但那边肯定会有麋鹿。”泰勒说。

“当然，但我觉得爸爸说的肯定不是一只真正的麋鹿，不是吗？”

泰勒耸耸肩：“要想知道他到底说的是什么，唯一的方法就是去寻找。”

杰克叹了一口气。他知道泰勒说得对，但看了看要找的这片区域的大小，他开始深深地怀疑他们能否找到爸爸。

“我们去湖边再搭一个营地吧，”泰勒说，“我想抓些鱼。我能一口气吃下去十条！”

“现在太危险了。”杰克说，“即便他们不会派一架直升机来，护林员们也会来找我们的。我们今晚最好找个地方躲起来。”

泰勒不情愿地点了点头。孩子们和科迪开始下山。他们走到了有积雪的地方，只觉得有趣，便咯吱咯吱地踩了过去。然后，沿着积雪融化而成的小溪一直往下走，穿过了一个浅浅的小山谷，前往杰克逊湖。但他们没有直接走到湖边，而是转向北行，朝着另一座怪石嶙峋的山脊走去。在他们的左边，是一片更大的冰雪覆盖区。

“那是冰川吗？”泰勒问。

杰克再次看了看地图：“是的，我觉得是冰川。”

“真希望我有一台相机。”泰勒说，“妈妈绝不会相信，她的孩子们会站在一座真正的冰川下面。”

一提到妈妈，两个孩子都陷入了沉默。

“她真的还活着吗？”杰克想，但他什么都没有说。

他们继续走着，攀爬着另一座陡峭的山脊。又是一次艰难的跋涉，孩子们爬上山顶后又休息了一会儿，呼吸着稀薄的空气。但这次，他们看见下面有个隐秘的凹陷，根据爸爸的笔记，那是一个冰坑，由已经消失很久的冰川侵蚀而成。

“你觉得，我们今晚应该藏在那下面吗？”

杰克抬头看了看天空，这才发现一大片乌云已经滚滚而来。

“是的，”杰克说，“再过两个小时天就要黑了。”

但找到通往冰坑的路实际做起来比说起来要难得多。孩子们不得不小心翼翼地爬下陡峭的山坡，两个人都在松动的石头上滑倒过几次。只有科迪始终爬得稳稳当当，还一直转回头，似乎在说：“你们怎么走得那么慢？”

天黑时，他们终于走进了那个冰坑，气温几乎立刻就降了下来。三个小伙伴在冰坑里到处找可以遮挡的地方，却一直没有找到。终于，他们发现了一块悬在半空的石头——却连山洞也算不上，只是给了一点儿遮挡。不幸的是，不断聚集的乌云立刻就让这个地方面临一场考验。

杰克感觉有一大滴雨砸在了他的鼻梁上，接着又落了好几滴。没过多久，冰冻的小雪球开始落在他们身上。

“冰雹！”杰克喊道，“快，躲进去。”

孩子们冲到了悬石的下面，还把带来的所有衣服都套在了身上。他们正在拿雨衣的时候，几粒冰雹砸在了他们的脖子上，滚进了T恤衫里。

“哎呀！”泰勒哆嗦了一下，然后他和杰克都笑了起来，“前一秒还烈日炎炎，后一秒就冰雹漫天！这谁能相信啊？！”

杰克虽然以前从未经历过这种情况，但他曾经在书中读过，知道山区的天气有多么难以预测。他、泰勒和科迪缩入了那个庇护所的更深处。

忽然，兄弟俩看见了一道闪电，犹如一个巨型的相机闪光灯闪了一下就灭了。两秒钟后，一个震耳欲聋的雷声在冰坑上方响起。泰勒和杰克看了看彼此，都很震惊，而科迪紧紧地依偎在他们中间。

与此同时，他们又看见一道闪电打在冰坑对面的山脊上，接着又是一个巨大的响雷滚滚而来。

“好家伙，这比咱们家放的烟花还好看！”泰勒冲着暴风雨大喊。

杰克点点头，但他并没有像弟弟那样那么喜欢这场表演。“如果妈妈知道我们在这里，她会怎么想呢？如果我们待在匹兹堡，至少我们会有吃的，有一张温暖的床。”

然后，他想起了布尔。

“不会的。”他纠正了自己的想法。“那个疯子会想办法抓住我们的。尽管吃尽苦头，我们最好还是待在这里——无论这条路有多么危险。”

孩子们继续观赏着这场雄伟的闪电秀。有一瞬间，他们看见一道蓝白色的闪电击中了对面山脊上的一棵树。杰克没法看得很清楚，但他似乎瞧见，在闪电击中的一瞬间，那棵树变成了火红色，然后断成了几截。

这场暴风雨终于过去了，小小的山谷中只剩下一片怪异的平静。忽然，杰克听见了某种响动，这立刻引起了他的注意。

“杰克，你听见了吗？”

“听见了——是什么声音？”杰克低声说。孩子们竖起了耳朵，他们又听见了嘶吼声，这次听得更清楚了。

“杰克！”泰勒说着站了起来，“有人在求救！”

第五章

科迪跑在前面带路，孩子们从那块避雨的石头下面爬了出来。此时，乌云已经消失，上弦月流光四溢地照亮了这片区域。

“那个声音从哪儿来的？”杰克问。

“就那儿吧，我想。就在那片树林附近。”

孩子们走到了冰坑的另一边，停了下来，静静地倾听。

“救命啊！”有个慌乱的声音在喊。

孩子们跟着科迪来到了一片小树林的边缘，树林后面是一个乱石坡。他们在那儿发现一个人躺在地上，他的右臂被压在一块堪比家里洗碗机那么大的石块下面。

科迪汪汪叫着跑到了那个人身边，舔了舔他苍白的脸。

“天哪！”泰勒惊叫，“发生了什么事？”

那个人痛苦地呻吟着：“说出来你也不会信的。能帮我把这块石头挪开吗？”

“行，当然可以！来帮忙，杰克！”

孩子们一起蹲在那个人身体两侧，把手伸到石块的底部。

“我数三下，”杰克说，“一，二，三，起！”

孩子们嗨哟一声，后腿使劲儿，手往前推。

但这块大石头纹丝不动。

“你们那样是推不动的，”那个人说，“从我的包里把绳子拿出来。”

在几米开外的地方，耷拉着一个用旧了的内骨架大背包。

“右边的口袋。”那个人指点着。

杰克拉开了背包侧边口袋的拉链，拿出一卷尼龙登山绳。

“你们俩都知道怎样打单套结吧？”那个人问。

“都知道，”泰勒说，“我们去年暑假在夏令营里学过。”

“很好，”那个人喘着气，“把绳子在大石头上绕个圈，打个单套结。然后把绳子的另一端绕在那边的树枝上。”

孩子们立刻明白了那个人想做什么。于是，五分钟后，他们组装起了一个简易的滑轮装置。

“好了，我们来试试吧。”杰克对泰勒说，“一，二，三！”

他们用力地拉绳子。

“没动静，”那个男人喊道，“再用点儿力。”

“用力，杰克！”泰勒大喊。

孩子们使出了双倍的力气。那根树枝在绳子的压力下咔嚓作响，但眨眼间，石头竟被拉了起来。那个人痛得嗷嗷直叫，却放松了许多：“我自由了！”

杰克和泰勒放下了绳子，大石头扑通一声砸下。孩子们立刻跑到了那个人身边，他正晕乎乎地坐在那儿，紧抓着右臂。

“你还好吗？”泰勒问。

那个人像只熊似的咆哮起来：“我还活着，谢谢你们，但我觉得这条手臂可能断了。”

即便在月光下，杰克也可以看见，他的右臂似乎肿了起来。虽然天冷，但这个人疼得直冒汗。“我们做些什么来帮帮他吧？”

那个人再次呻吟起来：“我想，你们得替我把手臂包扎起来。你们知道该怎样做吗？”

杰克摇摇头：“不知道。我们学的急救护理知识还没到那个程度。”

“那好吧。你们得找一根 30 厘米长的直木板，还有几根布条。你们可以从我的背包里拿件衬衫出来撕成布条。”

孩子们照做了，他们一边撕布条，一边问那个人发生了什么。

“我正在用那边的天线设备追踪菲利克斯。”那个人说着，对旁边地上已经压烂了的绕线装置努了努嘴。

“菲利克斯是谁？”泰勒一边问，一边拿着一块木板紧紧贴在那个人前臂的下面。

“菲利克斯是一只狼獾。”那个人告诉他们，“这种动物生活在大提顿和黄石公园之间的区域里，大约有十二只，菲利克斯是其中之一。总而言之，它一直在到处游走，所以，我爬上那些岩石，想要跟上去，这时暴风雨来了。菲利克斯立刻蹿到了斜坡的下面，我也跟在它身后匆匆跑了下来。”

“你的意思是，在下冰雹的时候吗？”杰克问，他正努力地用第二块棉布条把夹板固定住。杰克打结系紧布条的时候，那个人皱了皱眉。

“是的，”他继续说道，“我刚跑下山，一道闪电就打在我身后，引发了山体滑坡，我一个踉跄就摔倒了。再后来，我便发现自己躺在地上，手臂被压在这块大石头下面！”

“你很幸运，那些石头没有把你埋了！”泰勒对他说。

“你说得对——感谢上天，你们来了！”

杰克绑好了最后一块夹板，然后按照那个人的指导，用剩下的布条帮他绑了个吊臂。那个人试了试，嘟嘟囔囔地用上了。

“这东西在野外戴着还不错啊。也许我应该带你们一起去追踪狼獾。对了，我叫斯基特。”

斯基特伸出没受伤的那只手。

杰克握了握：“嗯，很高兴认识你。”尽管刚刚救了斯基特的命，杰克仍然不太愿意透露他和泰勒的身份。这一次，泰勒终于弄懂了杰克的用意。为了把斯基特的注意力从他们身上转移开，杰克问道：“你说你正在这里寻找菲利克斯的踪迹。你在猎杀狼獾吗？用来吃？”

斯基特哈哈大笑：“我可没觉得狼獾有什么好吃的。你们见过这种动物吗？”

孩子们摇摇头。

“狼獾的个儿比起你们身边的那个小兄弟大不了多少。”他指着科迪说，“但在这片山区里，狼獾是最强壮、凶猛的动物。我可以随时对付一只灰熊，却很难打趴下一只愤怒的狼獾。”

看着眼前的斯基特，杰克想象着他对付这些动物的样子。他有深黑色的脸庞，长长的头发扎成一个马尾辫，下巴上还蓄着花白的长胡子。他的手臂鼓鼓的，都是肌肉，脖子像吊桥上的钢索。

“无论怎样，”斯基特继续说道，“公园管理处给了我一笔钱，让我跟踪并收集这个区域狼獾的资料。在美国本土的四十八个州当中，狼獾是最稀少的濒危哺乳动物。”

“濒危？怎么会呢？”泰勒问。

“过去，它们常常遭人猎捕。如今，全球气候变暖，它们生存所需的积雪地区的积雪又大片地融化了。无论怎样，”斯基特一边说一边挣扎着站了起来，“我的事儿已经说得够多了。你们两个孩子单独跑到这儿来做什么呢？”

杰克和泰勒又彼此看了一眼，两个人都没有说话。斯基特立刻明白了。

“好吧，我懂了。”他说，“但请允许我问个这样的问题吧：你们俩会拒绝洗个热水澡、吃顿热乎乎的大餐吗？”

兄弟俩都咧嘴笑了。杰克的肚子咕噜咕噜地叫得那么大声，他几乎能听见冰坑壁传来的回声了。

“我是这样想的，”斯基特说，“如果谁能帮我扛一扛背包，我就带路。”

泰勒回到那块悬空的石头下面取他们自己的背包时，杰克给斯基特找了根拐杖，还从他的急救箱里找了一粒止痛药给他。然后，杰克背上了斯基特的包。这个包很沉——或许有 22 公斤——但背起来比他们自己一直背着的包舒服多了。泰勒回来后，一行人便出发了，他们沿着一条小溪向杰克逊湖走去。

在明亮的月光下，斯基特领着他们走得很轻松。虽然时不时踉跄一下他都会疼得直哼哼，但他们很快便走到了湖边，又踏上了一条被人踩出来的登山小径。不一会儿，他们来到了一辆破旧的绿色小卡车旁边，这辆车就停在一条很少有人走的砾石路的尽头。

“这不是官方许可的停车区域，但公园管理处的朋友都认识这辆绿巨人，所以也就随它去了。”斯基特对他们说，“把包扔到车后面去吧。你们两个小家伙，有谁开过手动挡的车吗？”

“我们根本没有开过车。”泰勒脱口而出。

斯基特皱了皱眉，又抬头看了看渐渐落下的月亮和满是星星的天空，说道：“我说，有个好消息，今晚很适合学车啊。我操作变速杆的手臂不好使，但如果你们谁能帮个手，我想，我还是可以踩踩油门和刹车，转转方向盘的。谁想来试试看？”

杰克本打算自告奋勇地去帮忙，但看了看泰勒之后，却说道：“你来吧。”

泰勒的眼睛亮了起来：“真的吗，杰克？”他一兴奋就忘了要把名字藏起来。

杰克点点头：“真的，泰勒。上吧。”他觉得再没理由藏着泰勒的名字不说了。

在斯基特的指导下，泰勒立刻学会了这辆卡车变速杆的操作方法。起初，他每次换挡都会听见传动装置发出可怕的噪音，还有一次差点儿让车直接撞上了一棵黄松。然而，当他们终于开出公园后，泰勒换挡出现噪音的次数已经少了许多。

“我们也许可以参加美国纳斯卡车赛试试看了。”斯基特开玩笑说。

离开公园后，他们又开了 16 公里，然后转入了一条又一条伐木道。他们开着绿巨人卡车，沿着越来越窄的山路前行，最后停在了一栋用手工切割的木头搭建的小木屋前。

“到家了，温馨美好的家！”斯基特跳下卡车时又因弄疼手臂而哼哼了一会儿。杰克和泰勒从车里拿出了背包。

“车开得不错。”杰克对泰勒说。两人跟着斯基特一起走向那栋小木屋。泰勒笑得十分灿烂。

斯基特推开小木屋的门，又打开了几扇窗户，让屋里有了些亮光。“这地方不大，”他说，“但只属于我，而且很难被人发现。”

杰克放下了他们的背包，他和泰勒好奇地站在小木屋里。他们环顾四周，几乎没看见任何灯光或电器，但在对面的墙壁中央，有一座老式的燃木壁炉，炉子上还有一根黑色的圆柱状管道直通天花板。小屋一侧有一张简单的床，用手腕那么粗的圆木搭建而成；小屋的另一侧，靠近窗户，放着一张手工做的木桌子，周围还放着三把椅子。

但真正吸引孩子们注意的，是这栋小屋的墙壁。墙上的原木上钉着十几个钩子，钩子上挂着各式各样让人眼花缭乱的东西，武器、照明设备、绳子、煮锅与煎锅——都是人们野外生存必备的物品。在靠近门的墙壁上，斯基特做了几个架子，上面放满了罐装水果、蔬菜和肉，还有面粉、糖、糖浆、大米和其他主食。

“真酷！”泰勒惊叹。

科迪显然也很赞同，它正在嗅小屋地上铺着的两张大熊皮地垫。

杰克说：“你肯定已经在这儿生活了很久了。”

“对。”斯基特说，“但我们待会儿有大把的时间可以聊天。现在给大家做点儿早餐吧，我得找个合适的夹板把手臂固定好。”

斯基特找出了一个巨大的急救箱，和小木屋里的其他东西比起来，这个箱子似乎现代得多。有了真正的火柴，泰勒立刻开始在那座燃木壁炉里生火，而杰克拿来了一个煎锅，然后开始在架子上找吃的。

“你们为什么不开两个碎牛肉罐头呢？”斯基特提议，“再出去拿那个冰盒。我想，我在外面那个盒子里放了几个鸡蛋。”

杰克在外面找到了一个深埋在北边山坡上的木头储物盒。他打开了盒盖和里面的两个插销，找到了一打鸡蛋，还有两块看上去像是熏鹿肉的食物。等他走回去的时候，泰勒已经生起了火，于是，杰克把半打鸡蛋和碎牛肉罐头一股脑儿地倒入煎锅里，很快，煎锅就在炉子上滋滋地冒着热气了。十五分钟后，他们都坐在桌子边开始吃早餐了。

“还不错，”斯基特说着舀了一大勺鸡蛋塞进嘴里，“看来杰克你以前做过这样的早餐。”

“妈妈一直在生病，”泰勒边嚼边解释，“所以杰克在家常常做饭。”

斯基特点点头，于是大家都默默地吃完了早餐。

接着，斯基特让他们从外面的水井里打了两大锅水。“用来洗洗盘子，”他解释道，“我猜你们也都想洗澡，对吗？我在屋顶上装了几块太阳能板，晚点儿会有热水，但现在，我们先凑合着用炉子吧。”

大吃了一顿之后，疲倦的感觉渐渐涌上来了，但孩子们还是按照斯基特的安排，烧了开水，清洗了餐盘，然后把剩下的热水混着冷水，倒进了小屋外大约十五米远的一个大浴缸里。

等到衣服终于洗完晾起来后，杰克和泰勒已经累得几乎站不起来了。斯基特看起来也不是很有精神。此时虽然已经日上三竿，斯基特却对他们说："好吧，孩子们。既然活儿已经干完了，我想，我们都可以小睡一会儿了，你们同意吗？"

"说得对。"泰勒打了个哈欠。

杰克和斯基特都笑了起来。

"那好。你们也不用太拘束了。我这儿有几个睡袋，你们可以铺在那边的熊皮垫子上，然后想睡多久就睡多久。等我们都睡完好觉，再一起坐着聊聊天吧。"

第六章

等到再睁开眼睛时，杰克恍恍惚惚认不出自己身在何方，也不知道自己睡了多久。微弱的亮光从小屋百叶窗的缝隙中透进来，他嗅着身下垫着的熊皮的香味。泰勒在他身边打着呼噜，睡得很沉，但斯基特的床是空的。杰克心想，他们也许睡了一整天，所以又看见了黎明，但过了一会儿，他听见外面有脚步声逐渐向小屋靠近，然后，沉重的木门吱呀一声开了。

“有人醒了吗？”斯基特问。

杰克坐了起来：“嗯，醒了。现在是早上吗？”

斯基特哈哈笑了起来：“不是，但我们已经打发了大半天了。把你弟弟拽起来吧，帮我去铺设了陷阱的地方看看。”

斯基特又走了出去，杰克很快喊醒了泰勒。他们来到小木屋外，看见斯基特坐在黄松下一张做得很粗糙的桌子旁——面前放着一堆地图和笔记。杰克注意到附近的一块太阳能板正在给电池充电——也许那些电池是用在斯基特的装备上的。

“你在做什么？”杰克问。

“随便翻翻笔记，看看上次在大提顿山追踪到哪儿了。”

“你是说追踪狼獾吗？”泰勒一边问，一边还在揉着眼睛。

“是的。很不幸的是，那场山体滑坡砸烂了我的跟踪器。我现在需要一个新的天线和接收器。”

“你就是这样跟踪狼獾的吗？用无线电收发装置？”杰克曾经听说过科学家们给野生动物装上无线电项圈来跟踪研究，但他还从来没有亲眼见到过。

“是的。弄了大约一打狼獾项圈，但从上个星期开始，我就一直在跟踪菲利克斯了。它是一只年轻的公狼獾，似乎正在寻找新的领地。我希望在替换好这个仪器之前没有把它跟丢了。”

“你不需要把胳膊上的伤先养好吗？”

斯基特低头看了看他的吊臂，笑了起来：“嗨，这算什么——可能只是一次小骨折罢了，不会太影响我工作的。”斯基特说着站了起来，继续道：“实际上，你们还在睡觉的时候，我就已经搭好了几个陷阱，即便有只手受了伤也不碍事。我们一起去看看有没有捉住什么可以当晚餐的东西吧。”

“我还以为你想说说话呢。”泰勒说。

“生存第一法则：先干活儿。”

斯基特带着他们走过崎岖不平的路面，走了大约1.6公里的距离。他们没有沿着山路走，而是越过光秃秃的花岗岩山坡，穿过几片松树林和冷杉树林，那里看上去似乎从未有人类踏足。太阳已经落入了西边山峰的后面，但这个时节的天空依然有足够的光亮供他们找到要走的路。他们在路上遇到了一头长耳鹿和一小群火鸡。

“注意脚下，”斯基特提醒他们，“注意你们走路的方式，这里方圆16公里的每只动物都知道你们来了——还想找到吃的吗？”

之后，杰克和泰勒都尽力踩在石头上，避免踩在树枝上发出响声，但似乎只有科迪的动作和斯基特的一样安静。终于，斯基特举起了一只手，孩子们跟着放慢了脚步。他们小心翼翼地靠近了一条小路，斯基特的第一个陷阱就设在那儿。

“过来，”他对孩子们说，“我想给你们看看。”

孩子们在一块平坦的大石头旁边蹲下，那块石头下面有三根棍子撑着，架起来像个“4”字，其中一根插在土里。

“那样的东西怎么撑得起一块大石头呢？”泰勒一边问，一边研究着这个陷阱的设计。

“纯粹的物理原理，”斯基特说，“把槽口切对，你就做了个机关。等兔子或别的什么动物找到石头下面棍子上的诱饵时，就会把棍子撞松动，让石头落下来。”

“但你这个陷阱里什么都没捉到。”泰勒说。

斯基特哼哼了两声：“确实没捉到。本来希望能有只兔子，但我当时太急了，也许那只兔子嗅到了我的味道。”

“嗅到你的味道？”杰克问。

“是的。设陷阱时，你最好掩盖自己的气味。我通常会在土里或烧焦的木头上擦擦手，擦擦陷阱的各个部件。你也可以找一棵鼠尾草，用叶子在你的皮肤上擦擦，但今天我的手不好使，所以就没做那些事。行了，走过去，触动陷阱机关吧。”

泰勒拾起一根短枯木树枝，小心翼翼地伸进陷阱中，压下装了诱饵的那根木棍。瞬息之间，这块石头轰然倒塌。杰克和泰勒往后一缩，彼此看了看，目瞪口呆。

“哇！”泰勒惊叹，“这个陷阱真的有用！”

“为什么你要触发它呢？”杰克问。

“喏，不到明天早上，我们是不会再回来查看的。这段时间里，其他动物可能已经把我们的猎物给吃了。而且，这样的陷阱也不是每次都能猎杀小动物。如果小动物只是受伤了，我们也不希望它痛苦一晚上。”

他们离开了这个陷阱，开始往树林深处走去。

“还有其他类型的陷阱，不是吗？”杰克一边走一边问，“我以前在书里看过圈套陷阱。”

“哦，没错。”斯基特回答，“有各种各样的圈套，从弹簧圈套到只能捉住一只动物的简单圈套。但我不喜欢用那些。”

“为什么呢？”泰勒问，“没有用吗？”

“不，那些套子很有用，但很少能直接杀死动物。动物们被捉住之后，往往会挣扎好几个小时——有时候是好几天。而我设下的这几个砸落式陷阱通常能瞬间杀死动物，没有痛苦。说到这一点……”

大伙儿靠近另一块大石头的时候，斯基特又放慢了脚步。

“看起来，我们在这儿可能撞上了好运气。”斯基特说，“你们俩把那块石头抬起来。我用受了伤的手臂布置这个陷阱可费了好大一会儿工夫呢。”

孩子们一起抬起那块石头，在下面找到了一只已经死亡的动物。

“哇！”泰勒惊叹道，“一只兔子！”

“其实，这是白靴兔。”斯基特说，“孩子们，来看看你们的晚餐吧。”

“我以为白靴兔是白色的。”杰克说。这时，科迪走了过来，闻了闻这只死了的小动物。

“白靴兔只在冬天才是白色的。这种褐色是它夏天的毛色。你们俩谁把兔子拎着吧，我们再去最后那个陷阱看看。”

最后那个陷阱是空的，于是杰克把陷阱撤了，然后一行人走回了小木屋。他们到达小木屋时，地平线上只剩一丝微弱的蓝光，一直到木星和土星在头顶的天空中出现时，气温仍然让人感到舒适。

“一个美好的夜晚，”斯基特说，“夜色明媚，可以在外面吃晚餐。泰勒，你似乎很会生火，在坑里把火点起来吧。我来教杰克处理兔肉。”

“哎呀，不公平。”泰勒说。

“教我？”杰克看着斯基特，“我还从没弄过除了鱼之外的东西。”

“这是个学习的好机会。此外，这也是两只手的活儿。拿着这只兔子，到砧板那儿去，我去拿几把小刀。”

斯基特拿了一把小切肉刀，还有一把更锋利的薄刃小刀。他把刀拿到砧板旁边——那是小屋外的一个松树树桩。他还拿了一盏煤油灯，挂在旁边的树枝上。

“清理兔毛、挖干净内脏的活儿，我都是在这里做的，”他说，“让这些牲畜离小木屋远一点儿。我们开始吧。清理兔肉有好几种方法——实际上，清理任何动物的肉都有好几种方法。既然我们都饿了，今晚我们就快点儿干吧。把切肉刀拿起来，砍掉兔子的腿和头。”

杰克低头看着这只白靴兔：“你是认真的吗？”

“是的——除非你想吃掉兔子的头和脚。小心点儿就行，别砍到自己的手指。动作的幅度小一点儿。”

杰克拿起切肉刀，把兔子摆在最顺手的位置，准备试一试。很快，他切下了兔子的前腿。

“然后，切后腿，”斯基特说着，看了看杰克的工作，“不是全部切掉，只切到关节处。好的。现在切脑袋。”

杰克把刀锋对准这只野兔的脖子时，觉得有些恶心反胃。更糟糕的是，兔子的头没有切开。

“你可能得重重地剁几下，”斯基特解释道，“眼睛一直看着，左手手起刀落。”

又剁了几下，兔子的头终于从身体上滚落下来。

“把头和腿扔进那边的篮子里。”

杰克按照他的要求做了，还看了两眼泰勒，弟弟已经噼里啪啦地生了一堆火。杰克问：“现在要做什么？”

“要把兔皮剥了。”斯基特说，“用另一把刀，拽住肚子底部的皮，以便你可以用刀割破，却不会戳到肉或内脏。然后滑动小刀，一路向上，割到脖子那儿。割好之后，只要剥就行了。就这样简单。家兔有个好处，它们的皮很容易剥下来。”

“我记得你说过这是只野兔。”杰克说。

“别自作聪明了，”斯基特咧嘴一笑，“该挖内脏了。”

杰克按照斯基特的指导，去掉了兔子的内脏。他觉得自己可能会在清理肠子的时候呕吐，但他很快便意识到，这件事与收拾鱼也差不多——只不过现场更混乱一点儿，味道也更腥一点儿。到了最后一步，斯基特让他去掉了兔臀尖儿，那里还挂着膀胱呢。

“直接把那东西扔掉吧，”他说，“留着也没用。很好，现在你们要做的，就是把兔肉切成一块儿一块儿的，我们已经准备好煮着吃了。”

趁着杰克切胡萝卜和土豆的时候，斯基特和泰勒带着手电筒，走到附近的一条小溪旁边，挖了一些野生的大葱清洗干净。杰克在煎锅里炒熟了胡萝卜和大葱，然后倒进一口大锅里，加上土豆块和兔肉，还有从架子上拿的一罐自制番茄酱。泰勒把锅悬挂在斯基特架在火坑上的一根铁柱上。

“现在，”斯基特说，“我们要做的就是等着了。”

孩子们拿了两把木头椅子，围着火堆坐下，一人坐在斯基特的一边。科迪趴在泰勒的脚下，打了一个大大的哈欠。斯基特和孩子们都笑了。杰克明白科迪的感受，能让它放松警惕休息一下感觉很不错。虽然他和泰勒认识斯基特还不到一天时间，杰克还是觉得，他可以相信这个男人。更棒的是，斯基特掌握着孩子们需要的一些知识。

斯基特似乎知道杰克在想什么。

“好了，孩子们，”他说，“讲讲你们的故事吧？”

“那个，嗯，我们在老家惹了点麻烦。”杰克说。

斯基特点点头：“猜到了。你们老家在哪儿？”

“匹兹堡。”泰勒脱口而出。

令人敬佩的是，斯基特并没有追问下去，只是说道：“怎么，你俩觉得可以来到西部荒原，过山里人的生活吗？”

“是的。嗯，大概就是那个意思。”杰克说。

斯基特仔细想了一会儿。“喂，”他说，“别误会我的话，孩子们，但我必须说，你们能坚持到这儿真是个奇迹。你们用的背包，在外徒步一天的话，看起来还行，但只凭那么点儿装备，你们一路上没冻死或饿死真是太幸运了。”

“我们去年参加过夏令营，”泰勒说，“本来今年也要参加，但——”

杰克打断了他的话：“我们确实需要一些帮助。”

斯基特看了看泰勒，又看了看杰克：“瞧，孩子们，你们救过我一命，所以，我这儿有个建议。你们每个人都有两只完好的胳膊，而我这儿也的确需要一些帮助。不如你们在这儿多待两天，我也可以传授一些基本的生存技巧给你们，怎么样？”

杰克立刻在心里权衡了一下。他急着找到爸爸，而且夏天很快就要过去了。

“但斯基特是对的。我和泰勒一路走来太幸运了，我们需要多学点儿才能在这里生存下去。”杰克暗想。

坐在凳子上的泰勒充满期待地前倾上身：“杰克，听起来不错啊。你觉得呢？”

杰克点点头：“还行。”

“很好，”斯基特说，“不过，我得先问你们两个问题。你们没有犯法吧？”

杰克还在考虑如何回答这个问题，却听泰勒说道：“当然没有。我们不是罪犯。”

“很好。另一件事，”斯基特说，“爸爸妈妈在找你们吗？”

“妈妈生病了，在医院里。”泰勒说，“她可能还不知道我们走了。”

斯基特又想了想：“我说，如果要这样做，你们得让妈妈知道你们是安全的，对吗？”

“我们会的。”杰克向他保证。

“很好。啊，闻起来兔肉已经煮好了。”

泰勒和杰克分别给自己和斯基特盛了些吃的。

“好家伙，这是我吃过的最好吃的东西了！”杰克一边赞叹，一边又塞了一大块肉到嘴里。

泰勒说：“杰克，我们竟然在吃兔肉，你能相信吗？”

“是野兔肉。”杰克纠正了他的话。

“也许明天我就可以开始教你们怎样搭一个掉落式陷阱，那样你们就能自己猎食了。”

“那真是太好了，”杰克说，“只不过，我们可能会到处走动。我们可没有时间坐在旁边，等着来自投罗网的小动物。”

“是的，”泰勒接着说道，杰克来不及阻止他，“我们得找到爸爸，不然秋天就——”

泰勒停住了，他忽然意识到，自己已经透露了到怀俄明州来的真正目的。杰克翻了个白眼，一声叹息：“泰勒……”

“对不起，杰克。”泰勒说着，看上去很内疚。

斯基特看着孩子们：“你们在寻找爸爸吗？这就是

你们来这儿的原因吗？”

杰克叹了一口气：“是的。”

“可以跟我讲讲吗？”

“他多年前来到了这里，”泰勒解释道，“希望我们来跟他会合，但妈妈不想来。后来，她遇上了差劲的男友布尔，他打伤了她。所以，她才住进了医院，然后我们就到这儿来了。”

斯基特坐在凳子上，前倾上身：“我说，你们的爸爸这会儿在哪儿呢？”

“我们也不知道。”

“他来这儿寻找什么失落的山谷。”杰克继续说道，“我们收到了他的一封来信，信上说他找到了，但他只给了我们一点儿怎样找到他的线索。”

斯基特摸了摸他的花白胡子，凝神看着火堆：“这个人最早是什么时候到这儿来的？”

“七年前。”杰克说。

斯基特的黑眼睛忽然看向了杰克。

杰克有些局促不安：“怎么了？有什么事？”

斯基特转头继续看着火堆，上身靠在了椅背上。终于，他开口说道：“你们的爸爸，我想，我见过他。”

第七章

“什么？”孩子们喊得那么大声，把科迪吓得跳了起来。

“在哪儿？你什么时候见过？”泰勒急切地问。

“你们别急。”斯基特说，“那是很久以前的事了。这些年来，我在这里遇见过不少怪人。许多人来到怀俄明州，都想找到你们的爸爸所说的那种天堂。但大多数人什么都没找到。”

“但是，在六七年前，我在黄石公园附近追踪狼群。当时，我正在跟踪一小群狼，那个地方距离最近的山道约有 16 公里，就在此时，我遇见了那个家伙。那天晚上，我们一起扎营过夜，吃过晚餐后，他开始聊起自己在东部什么地方的家，以及他正在寻找的那片失落的山谷。说真的，我当时并不怎么相信，但那个家伙似乎知道许多关于户外的知识，所以我喜欢有他在身边。第二天早上，我们就分道扬镳了，以后便再也没有见过他。”

“但是，”杰克问，“你说你在这儿遇见过许多人都在寻找天堂什么的。你怎么知道那个人就是我们的爸爸呢？”

斯基特的视线从火堆上收了回来。“因为，”他说，“你们的名字——杰克和泰勒，听起来很熟悉。他说过你们俩的事。”

“哇！”泰勒急切地说，“你能帮我们找到他吗？”

斯基特摇摇头：“我不想这样说，但可能找不到。这个地方太大了，找到你们的爸爸犹如在沙滩上找一颗猎枪子弹。你说他给你们留下了一些线索？”

“在一封信里。”杰克说。

“很好，那你们很有可能会有更好的办法找到他。”

泰勒跳了起来：“杰克，我们离开这儿继续上路吧！爸爸就在不远的地方。我知道他在！”

斯基特举起了他那只没有受伤的手：“嘿，等等啊，小伙子们。我也希望你们找到爸爸，但正如我之前说过的那样，你们能走这么远纯粹是运气好。你们还需要有所准备。我们来个交易怎么样：你们答应在这里待上几天——这样我就能传授给你们一些生存技巧，让你们准备妥当。然后，无论你们想去哪儿，我都随便你们。”

“杰克，你觉得怎么样？”泰勒问。

想到很快可以找到爸爸，杰克的心就怦怦直跳。

“但斯基特是对的。我们必须有更充分的准备。而且，斯基特也许能想到法子找到爸爸所在的地方。”

“好吧，成交，”杰克对斯基特说，“我们就待一个星期。然后，你帮我们找找正确的方向。”

斯基特松了一口气：“行，我们明天就开始。”

*

第二天，天还没亮，斯基特的训练就开始了。他带着孩子们外出学做掉落式陷阱。他还向他们展示了怎样做圈套式陷阱，但再次警告他们不要随便用这种方法，除非他们真的只能靠这种方法活下去了。

他们回到营地时，一束微弱却绚烂的黎明之光划破了天空。

“现在，”斯基特说，“趁这会儿等待猎物掉进陷阱的工夫，我们还有许多事要做。你们也说过要到处走走，陷阱也不会永远都能带给你们猎物。你们说过以前还抓过一些鲑鱼？”

杰克讲述了他们如何做了捕鱼的陷阱和临时用的捞网，斯基特赞许地点点头：“你们让我刮目相看啊。不过接下来，我要让你们学学怎样打猎。”

斯基特向孩子们展示了怎样制作最原始的弹弓和弯弓。事实证明，弹弓做起来相对容易些——截取一段分叉的树枝，末端用医用橡皮管扎起来。

“制作一把弯弓要难些。”斯基特告诉他们，“做一把合适的弓，你必须截取长度合适的木头，做成弓的形状，然后进行干燥处理——这个过程可能要花上几个星期或几个月。你们没那个时间。”

但斯基特还是向他们展示了如何截取一根直径 5 厘米、长 1.5 米的新鲜树枝。“不要去折松树、白杨树和柳树，”他对孩子们说，“那些树枝很容易折断。但其他强韧有弹性的树枝基本上都可以用。”

孩子们分别砍了树枝做成自己的弓，然后用麋鹿筋做成的绳子给弓上了弦。斯基特给了他们几支箭来测试他们的新武器。没过多久，泰勒就能从八米远的地方射中一个纸盘了。杰克有些费劲儿，他的箭大多都射偏了。

斯基特发现杰克有些灰心，走过去拍了拍他的肩膀。“别太苛责自己。我们都有不同的天赋。要在野外生存，不仅要有大脑，也要有臂力。永远不要忘记，耐心和练习是最重要的生存工具。”

接下来的几天里，斯基特继续训练孩子们的野外生存能力。他给了他们每人一个大背包，还有各种各样的装备，包括煮锅和煎锅、一块防水布、一把挖沟的工具，还有两个脏兮兮的旧睡袋。他教给孩子们几种不同的方式来搭建可遮风避雨的住处，还教给他们怎样用火石生火。大多数时候，他都在告诉他们怎样找到和跟踪猎物，以及怎样完善他们的狩猎技巧。

三天之后，泰勒已经可以从十米开外的地方，用他的弓箭或弹弓击中纸盘了，而且已经猎杀了几只松鼠和一只白靴兔。杰克仍然在奋力学习。到了第四天，当杰克和科迪早起去查看之前布下的陷阱时，科迪忽然定住了。杰克顺着科迪的眼光看了过去。大约在五米远的地方，他看见一只灰色的鸟，几乎不露痕迹地隐藏在一堆鼠尾草丛下。杰克不知道那是只什么鸟，它看上去像是某种野鸡。

杰克慢慢地将弓从肩上取下，从斯基特教他做的箭袋里抽出一支箭。他把箭尾搭在弦上，开弓，瞄准，放箭。

只见羽毛一阵乱飞，起初，杰克以为他肯定又没有射中。但是，当他和科迪跑过去时，他看见这只鸟倒在地上，一支箭射穿了它的胸口。科迪汪汪地叫了起来，杰克咧嘴一笑。

“对不起了，小鸟。”他低声说着，跪在这只断了气的动物身旁，“但是谢谢你。”

杰克拎着这只鸟雄赳赳气昂昂地回到了小屋，斯基特和泰勒看见这只猎物都大声叫好。

“哇！你太棒了，哥哥！”泰勒赞叹地说。

“一只肥美的蓝镰翅鸡。”斯基特说着，艳羡地看着这只鸟，“你打算怎么做着吃呢？”

杰克一路都在想这个问题：“我打算在炭火上烤着吃——你知道，就像杂货店里卖的那种烤鸡一样。”

斯基特扬了扬眉，然后点点头：“行，确实可以。但你会损失这道美食里的汤汁和营养。你想知道怎么做更好吃吗？”

“当然。”

“好嘞，但你得先把这只鸟处理干净。”

杰克感觉花了一个世纪的时间才拔完这只鸟身上浓密的羽毛。把它开膛破肚清理干净之后，斯基特教会了孩子们如何挖一个面积大约 60 平方厘米，深度约 45 厘米的坑。孩子们在这个坑的边缘码了些平整的石头，然后在坑底生了一堆火。等石头变得灼热了，斯基特让孩子们埋住了火和木炭，然后沿着坑底堆上草。在这堆草里，他们放上了那只鸟，一些根茎类的蔬菜，还有两只泰勒用弹弓打的麻雀。

“现在，再铺上一层草，然后埋入灰烬里。”斯基特说。

“但是已经没有火了，”泰勒有些疑惑，“这样怎么做得熟呢？”

“这些石头的热量会慢慢把它们烤熟的，但我们得等上几个小时。”

杰克有些怀疑，但是等待的时候，斯基特建议他们练习制作弓箭来打发时间，因为这下他们有许多羽毛了。

两天前，孩子们砍了一些笔直的桤树枝，每根大约半米长。现在，他们用小折刀把这些树枝的一端削成尖形，又做出了对称的箭尾。然后，他们用之前常用来烧水的木炭把箭杆打磨得更锐利，尤其是尖利的地方。等做完这些活儿，他们选出了最好的尾部羽毛，把羽毛杆一边削干净，然后在每支箭的尾部粘上三根羽毛杆。

“如果你们没有胶水，也可以用树汁。”斯基特对他们说。

泰勒立刻试了试这些新箭。他在六米外的地方挂了一个盘子，然后射了三支箭。前两支都没射中，但第三支箭射穿了那个盘子。

“这些箭没有商店里买的那些飞得直，”泰勒说，“但比我想象中要更好一些。”

完成箭术练习后，他们便去看肉烤得怎么样了。杰克把土层和草堆扒开，挖出了他们埋下的食物。野鸡、麻雀、土豆和胡萝卜的香味立刻散发在空气中。

“哈，好家伙，真香啊！”泰勒情不自禁地说，“我们开吃吧！”

这顿饭吃起来确实比闻起来更香。这只蓝镰翅鸡的味道有点儿像家鸡，但更加鲜美可口。

“我觉得这是我吃过的最好吃的东西。”杰克说。

“这句话你一个星期说了三次了。”泰勒大笑。

“但我说的都是真话！”

斯基特咧嘴一笑：“原因在于，这是你们自己猎获烹煮的食物。吃起来美味极了，不是吗？”

孩子们点点头。

随着天色渐暗，斯基特点上了两盏煤油灯，孩子们回到小屋继续学习接下来的课程——缝纫。现在，孩子们已经收集了足够多的毛皮，用这些材料，他们可以做些简陋的东西来保护自己，斯基特甚至教了他们一些缝纫的技巧。一个小时后，泰勒做得有些腻味了，于是嚷嚷着要去活动一下胳膊腿儿。杰克看着他出了门。他发现弟弟整天都神秘兮兮的，却没有多想。

“可能只是有些等不及了，想去找爸爸吧。”他想。虽然这段时间跟着斯基特，他们已经学到了许多野外生存的技巧，但杰克知道，他们得尽快上路了。

杰克一直忙着把两块兔皮缝在一起，直到他发现泰勒已经离开很长时间，而外面已经完全黑了。他把兔皮放在旁边，出去寻找弟弟。

斯基特咕哝着坐在一张木桌子旁边，埋头整理着他的狼獾笔记和地图，而科迪正开心地啃着一块麋鹿腿骨。

杰克离开小木屋，关上门，走进了黑夜。

“有人吗？”他打了声招呼，但屋外空空荡荡的。杰克站在夜空下，有些困惑。很快，他似乎听到山上传来一个声音。他往山上爬去，越来越近。他仿佛看见夜空下弟弟的身影。听起来泰勒似乎在和什么人说话。

“太奇怪了，”杰克想，“他是在自言自语吗？”

然而，等杰克走近了一些，他发现泰勒正拿着他们那部手机——杰克从宾夕法尼亚的家中带出来的手机。

“泰勒，你在干吗？”杰克大喊了一声，冲上前去，抢下了他手中的电话。他立刻把电话挂断了。

“我没干吗。”泰勒回了一句。

“你在跟谁说话？”杰克问。

“我，呃……”

“你打电话去宾州了吗？你跟谁说了我们在哪儿吗？”杰克大声吼了起来。

“没有！当然没有！我只是打电话去医院问了问妈妈的情况！我很担心她，杰克。”

“医生说了什么？”杰克问。他还在生气，却也很想知道答案。

“我不知道，但我想，她应该已经不在医院了。”

杰克懊恼地叹息：“泰勒，你怎么那么傻呢？如果他们追踪了这通电话，警察就会发现我们在哪儿。可能连布尔也会发现的！”

“但这只是一部一次性电话，不是吗？人们没法追踪这种电话的，不是吗？”

“泰勒，我不知道。但如果你再做事不动脑筋，我们最后就只能回到匹兹堡，再也找不到爸爸了！”

这下泰勒生气了：“也许确实如此，杰克，但你看上去一点儿也不关心妈妈。她可能还受着伤。她甚至可能已经去世了，而我们却不知道。但你根本不关心她！有时候你跟布尔一样坏！”

听到泰勒的话，杰克火冒三丈。难道泰勒没有发现，他为了照顾大家而承受了多大的压力吗？他当然关心妈妈。他只是在做他认为最恰当的事。杰克举起电话，摔到了旁边的一块花岗岩上，把电话摔成了十多块碎片。

泰勒与杰克彼此怒视着对方。即便在星光下，他们也能在彼此的眼中看见怒火。

“现在，到底谁才是傻瓜？”泰勒推开哥哥，跑下了山，“我受够了听你发号施令，杰克。我要自己去找爸爸！”

第八章

杰克带着对泰勒的怒气一路返回小木屋。“他怎么那样愚蠢呢？”杰克想，“简直就像盼着我们被抓住似的！”然而，当他再次回想刚才的对话时，有些东西引起了共鸣。泰勒指责他像布尔一样坏的话一直在他的脑海中回荡。为什么要把电话摔在石头上呢？那样发脾气确实像极了布尔。

等回到小木屋的门口，他的怒火已经消失，取而代之的是内疚，还有隐约的担忧。他本该照顾泰勒的，他们本该形影不离。

杰克推开了小木屋的门，斯基特惊讶地看着他。

“泰勒回来了吗？”杰克一边问，一边环顾周围。

“回来过，”斯基特说，“他冲了进来，拿走了旧背包，说想给你看点儿什么。他没和你在一起吗？”

杰克半晌没说话，大脑在飞快地运转。然后，他说：“他本来和我在一起，但是……”

斯基特往后一靠，忽然坐直了：“他怎么了？”

“我们吵了一架。我……说了点儿不该说的话，所以，泰勒说，他要自己去找爸爸。”

斯基特噌地一下站了起来，担忧的神色让他脸上的皱纹更深了：“你觉得他真的自己走了吗？”

“也许吧。我不知道。我得去找他。”

杰克正要去拿自己的背包，斯基特却伸手阻止了他：“先别急。我们先把事情想清楚，杰克。泰勒以前像这样离开过吗？”

“嗯，有过。在宾夕法尼亚时，偶尔会这样。”杰克想起来。

“那他每次都会自己回来吗？”斯基特问。

“耗上一阵子之后就会回来。”杰克承认。

“那他也许只是需要点儿时间。”

“但我们没有时间——我们得立刻去找他！”杰克喊了起来。

“好吧，好吧。”斯基特说，“我只是觉得，等一会儿总比直接跑进夜色中安全些，但你是对的。我们现在就去找，但总得准备准备！”

杰克明白斯基特说得对，于是，他立刻开始准备背包。除了食物，他还装了一些斯基特给他的东西，包括火柴和打火石，一把挖沟的工具、一口烹饪锅、一个急救箱、爸爸的日记本、一块防水布，还有一个睡袋。杰克还把弓和箭袋挂在了肩上，又把弹弓塞进了背包里。

“你们的那只狗能干点儿追踪的活儿吗？”斯基特问，“它的鼻子可能会比你的眼睛好使得多。”

杰克低头看了看科迪：“应该可以。”

斯基特递给他一件泰勒的衬衫：“拿着。这件衣服也许能帮科迪嗅出来泰勒的味道。你去找他的时候，我会留心看着周围。我会把我们布置陷阱的地方都找一遍，看看有没有他的踪迹。如果等到明天还没有找到他，你最好先回到这儿来，我们再进行一次正式的搜索。”

杰克长舒了一口气：“好吧。”

斯基特拍拍他的肩膀：“别浪费精力担忧了，那样只会让你精疲力竭。还有，要记住，很有可能他会自己回来——这也是你明天一定要回到这里看看的另一个原因。”

“好的。谢谢。”

当夜色逐渐开始退去时，杰克和科迪离开了小木屋。杰克在科迪的旁边蹲下，拿着那件衬衫凑到科迪的鼻子旁边。

“科迪，去找泰勒。”

小狗似乎听懂了。它开始在小屋附近的地上来回搜寻。

这附近肯定到处都是泰勒的味道，杰克明白过来。然而，只过了一小会儿，科迪便开始汪汪地叫起来，然后向北跑去，离开了小木屋。

“太棒了，科迪。”杰克对小狗说着，匆匆跟了上去。

手电筒扫过地面，杰克依稀看到一些脚印，他在脚印边跪下。杰克并不是专家，但斯基特教过他，从几个细节可以看出来某个踪迹可能留下多久了，而这些脚印很有可能就是泰勒的。

“这些像是刚留下的。”杰克低语着。脚印的边缘还很清晰。

科迪不耐烦地回头看着杰克，然后两个小伙伴继续向前，翻过了山脊，往下走入了崎岖的山谷中。

“泰勒去了哪儿呢？”杰克想。他猜弟弟可能转错了弯儿或迷路了，但又想到，泰勒可能心里藏着一些别的想法，却一直没有告诉他。每过一会儿，杰克便以为他和科迪已经迷路了，但这只小猎犬没有放弃，而且十分肯定，杰克很快就会找到一些新的踪迹。

当太阳爬上半空中时，杰克和科迪发现了一个临时搭的棚子，下面有一张新鲜的松针床。他们停了下来，仔细看了看，确定这是泰勒做的。杰克坐下喝了点水，然后扔给科迪一块斯基特的麋鹿肉干，便又匆匆起身继续搜寻。

很快，杰克和科迪踏上了一条狩猎用的小路，往深山里走去。他们在崎岖不平的山路上走着，忽然两个小伙伴都愣住了。正前方传来一阵恐怖的嘤嘤哭泣声，听起来像是报丧女妖。哭声仍在继续，忽高忽低，接着便是一声低沉悠长的咆哮。

杰克打了个哆嗦。“别动！”他命令科迪，而科迪似乎也很愿意停住，这样的反应在它的生命里仅有几次。

杰克立刻取下弓，装上了一支箭。然后，他走到科迪前面，小心翼翼地往前挪动。

哭声仍在继续，他忽然听见有人在恐惧地叫喊：“退后！”

“泰勒！”杰克高喊一声，向前冲去，手里仍拿着弓。科迪紧跟在他身后，汪汪地叫个不停。

他们看到的景象犹如一场噩梦。在九米开外的地方，泰勒困在了一个三米深的山洞中间。在山洞的另一端，蜷缩着一只小山猫，个头儿只有一只家猫大小，而在洞口，山猫妈妈正在咆哮。

杰克迅速判断了一下形势。

泰勒困在山猫妈妈和小山猫的中间！

“泰勒，快离开那儿！”杰克大喊。

“不行，杰克，我的腿！”

杰克看见鲜血汩汩地从泰勒被撕破的裤腿处冒出来，他这才发现弟弟根本没法儿动弹。科迪仍在汪汪大吼，但与那只咆哮的山猫始终离得很远。

“走开！”泰勒冲着山猫妈妈大喊。这次他还从身边捡了块石头扔向了那只咆哮的野兽，但山猫妈妈毫不退缩。

杰克张弓瞄准。那只大山猫转头对着他大吼，却没有挪动位置。杰克又把弓箭放下了，他忽然意识到，自己不太擅长瞄准目标，很有可能会伤到弟弟，而不是那只山猫。

“杰克，动手啊！”泰勒喊了起来。

杰克立刻扔下背包，拿出了自制的弹弓。他挑了一块石英石，拉开那根医用橡皮管做成的弓弦，然后瞄准。那块石头嗖的一声飞了出去，击中了山猫的腹部。那只山猫号叫一声，跳了起来，转身直接面对着杰克和科迪。有一瞬间，杰克以为那只山猫要扑过来了，但科迪似乎壮起了胆子，它站在了杰克和那只山猫中间，狂吠不止。

杰克又捡起一块石头，弹射过去。这次，他正好击中了山猫的鼻子。山猫尖叫起来，混乱中，小山猫飞快地从泰勒身边跑过去，奔出了山洞，跳上了满是石头的山坡。山猫妈妈看见小山猫逃了出来，便厉声冲着杰克最后咆哮了一次，然后转身跟着它的幼崽离开了。

杰克奔向弟弟。

“泰勒，你怎么了？伤得重吗？”

有哥哥在身边，泰勒终于哭了出来：“杰克，对不起！我不该离开，我就是个傻瓜！”

杰克抱住了他。“不，都是我的错，”他说，“我不应该对你大吼大叫。你想打听妈妈的消息没有错。”

杰克放开泰勒去检查他腿上的伤口：“这是山猫干的吗？”

“是的。”泰勒一边说，一边流着鼻涕，“我……我爬进了山洞，但没有看见山洞里面有只小山猫。我正要把它赶出山洞，山猫妈妈就回来了，还攻击了我。我用石头扔它，挡了它一小会儿，它又要扑过来的时候，你和科迪就赶到了。”

杰克仔细看了看伤口。这只山猫抓伤了泰勒的小腿，鲜血直往外冒。伤口看上去很严重，而且这条腿已经肿了，有感染的迹象。泰勒脸色苍白得像散落在山洞地面上的石英石。

杰克给泰勒喂了一口水，然后让他靠在背包上。杰克用清水给泰勒清洗伤口时，泰勒疼得缩成了一团。杰克又从急救箱中拿出纱布，把伤口包扎起来。他考虑着要不要用止血带，又想起这东西只有在大出血的时候才能用。

“我觉得有些不舒服，杰克。”

泰勒不仅脸色苍白，而且开始不停地冒汗。

“肯定是伤口受到了感染。”杰克暗想。

“你觉得还能走路吗？”

“我……觉得不行了。”

杰克思考着还能做些什么。他再次看了看急救箱，虽然箱子里装着绷带、纱布和一小管抗生素，但他没看见有什么东西能立刻让泰勒好转。他又打开了爸爸的日记本。他的日记中专门有一部分章节记录了一些很有用的药用植物，杰克曾经读过很多次。他迅速在书页中翻找着，看见了几种可能会对弟弟的伤势有帮助的药材。

他再次抓住了弟弟的手。“听着，”他说，“我会把你安顿好，但之后我得去找几样东西。不过，我保证会很快回来，好吗？”

泰勒虚弱地点点头，说不出话。

杰克拿出他带来的睡袋，拉开拉链，把睡袋展开，变成一张毯子，然后扶着泰勒躺在了上面。

他对科迪说：“你就和泰勒待在一起吧。”这只小猎犬早已蜷在睡袋上，忠实地守护在泰勒身边了。

杰克清空了泰勒的背包，又把爸爸的日记本放了进去，再塞入一把挖东西用的小锄头。然后，他背上背包，走出山洞，来到了四百米外一片长满了松树的山坡上。

杰克并不知道能否找到他要找的东西。沿着那条小路，他看见了几株蓍草，这种植物长着纤细的灰叶子，开着一簇簇白花。他翻找着爸爸的日记本，确认自己没有认错，然后拔了几棵塞进背包里。

继续在山坡上走，他又拿出了日记本，寻找其他可能有用的草药。起初，他并没有看见很多。寻找了一段时间后，他停了下来，仔细看了看一株低矮的、长着绿色浆果的针叶植物。他很肯定自己没有记错，但还是查了查日记本确认。

“俄勒冈葡萄，”他说，“就是它。”

他拿出那把小锄头，开始挖这种植物，然后砍下枝叶，保留了黄色的根茎。大约采了五百克这种药材后，他便匆匆赶回了山洞。

等他回到山洞时，泰勒看起来更严重了。他腿上的伤口已经止了血，还开始愈合了，但周围的肉看上去又红又肿。泰勒轻声呻吟着，似乎有些神志不清。

杰克在洞口生起一小堆火，然后把随身带来的水倒进小锅里，再把锅架在火上。他拿出蓍草，碾成糊状，放在从急救箱里拿出来的纱布上。等水差不多烧开了的时候，他倒了一点儿在纱布上，做成了热乎乎的膏药，然后直接敷在泰勒的伤口上。

泰勒坐了起来，疼得大喊大叫。

“好了！好了！”杰克安慰着他，“我只是敷了些药在你的伤口上。躺回去吧。”

他和科迪帮着泰勒又躺了回去，然后，杰克碾碎了一些俄勒冈葡萄根，放进锅里剩下的热水中。他让俄勒冈葡萄根在水里泡了一会儿，然后把过滤出来的“茶”倒进斯基特给他的那个金属杯子里。

等药茶凉了，杰克尝了一小口，味道有些苦，但多少有些药性，于是，他端给了泰勒。杰克用手托住弟弟的背，帮他坐了起来。

“来，泰勒，喝了吧。”

泰勒似乎不知道自己在哪儿，但杰克把杯子递过去时，他张开了嘴。爸爸的日记上说，这种混合物不能用太多，于是杰克只让弟弟喝了三四口，把剩下的留着，等下次再喝。接着，他又让泰勒躺了回去，把睡袋拉好。

杰克不知道这些药会不会起作用。

“我还是得回去找斯基特。”他想——但他现在不敢离开弟弟。他们离开匹兹堡去寻找爸爸时，根本没想到会发生这些事。杰克本应该让他们更安全，而不是陷入更危险的境地。已经二十四个小时没有睡过觉了，他有些精疲力竭，于是，他以背包当枕头，躺在了泰勒和科迪身边。

“请让泰勒好起来吧！”他默默地祈祷着，然后惴惴不安地睡着了。

第九章

第二天早上，杰克在泰勒的呻吟声中醒来。此时，天刚破晓，他决定再打些水来储存在他们的空水瓶和煮锅里。

他在洞口又生了一小堆火，然后转身对着科迪。“你站在洞口守着吧。”杰克说。小猎犬似乎听懂了，却没有离开泰勒的身边。

杰克的心怦怦地跳着，他伸手摸了摸泰勒的前额。山里清晨的空气让泰勒的皮肤摸起来凉凉的，不再有高烧不退的感觉了，这让他宽慰了许多。杰克弯下腰，倾听弟弟规律的呼吸声。

“太感谢了！太感谢了！”他祈祷着，虽然心里并不清楚究竟该感谢谁。他还为爸爸的日记本而感谢了整个世界——如果没有那本日记本，遇上这样的情况，他们一定在劫难逃。

杰克重新生起一堆火，往火里添了一根粗大干枯的松枝。这时候，他听见了泰勒虚弱的喊声：“杰克？”

他转身看着弟弟：“泰勒，你感觉怎么样？”

“饿。”

杰克笑了。

“已经是早上了吗？”泰勒问，“那只山猫回来过吗？”

“是早上了，没有回来过。你昨天晚上一直在发高烧，但现在看起来好多了。我扶你坐起来吧。”

杰克扶着泰勒坐了起来。

“我觉得没力气。什么东西在我腿上？”泰勒一边问，一边伸手去摸腿上的药膏。

“那是一些药——用蓍草做的。”

“是你弄的吗？”

“是的。你好好休息一下吧，我弄点儿吃的。”

杰克让泰勒又喝了一点儿放凉了的俄勒冈葡萄根药茶，然后又烧了一些水，混了点儿斯基特给他的七种谷物麦片。杰克宽慰地看着泰勒把这顿早餐吃得干干净净，然后，杰克扶着弟弟站了起来。

“你觉得能走路了吗？”

泰勒摇摇晃晃地走了几步。

“勉强吧。”泰勒紧抓着杰克的手臂回答。

“那太好了。”杰克说，“这样的话，我们可以回去找斯基特了，否则他会带着一支搜索队来找我们的！”

杰克收拾好他们的营地，然后，孩子们沿着放羊的小路开始慢慢往回走。他们走到小木屋的时候刚好快到中午了，却惊讶地发现斯基特并不在屋里。不过，十五分钟后，他们听见了那辆绿巨人轰隆隆从山道上开过来的声音。杰克和科迪奔出小屋去见他。

“你们找到泰勒了吗？”斯基特一边问，一边跳下了卡车。

“找到了。他就在屋里，正在你床上休息呢。”杰克说完，讲述了他们的遭遇。

斯基特拍了拍他的背：“我觉得，你已经能在深山里生存了，杰克——至少，可以叫你医师吧。走，我们去看看泰勒。”

斯基特和杰克一起进了屋，他小心翼翼地揭开泰勒腿上的药膏看了看。“你做得不错，杰克。不过，我还是觉得应该把泰勒送到镇上的诊所里看看，可以给他开些抗生素，再让他们适当地清洗一下伤口。”

杰克和泰勒点点头。

“而且，我还有一些好消息带给你们。”斯基特接着说道。

“什么好消息？”泰勒一边问，一边从斯基特的床上坐了起来。

“我早晨跑去镇上打算买点儿补给品，也想看看是否有人正在找你们这两个孩子，又顺道去公园管理处看了我的一个朋友。”

“你没告诉他我们的事，对吧？”杰克警惕地问。

“别紧张，我没有。我只是对他说，我来看看他，顺便问问他最近在忙什么。然而，聊了不一会儿，他就告诉我，他们正在寻找两个男孩和一只狗。看来，有人已经去过了，据说有些关于你们的妈妈的消息。”

“妈妈！”泰勒大喊着，眼睛立刻看向了杰克。

尽管弟弟很激动，杰克却看到了危险的信号：“他怎么知道的呢？”

“我不太清楚。”斯基特回答，“我想，他可能从某个社工组织那儿听到了消息，也有可能是警察去过了。”

“那重要吗，杰克？”泰勒说着便要下床，“也许妈妈康复了。也许我们能把她接过来，和我们一起去找爸爸！”

“我不知道……”

科迪在泰勒的身边蹦跶着，还跳起了舞，感受着屋里的兴奋。

“不知道什么？”泰勒迫不及待地问，“也许妈妈正在找我们呢。”

“泰勒，”杰克说，“这可能是个陷阱。如果他们只是想抓住我们，把我们送回宾夕法尼亚怎么办呢？”

泰勒转身问斯基特：“你觉得这是个陷阱吗？”

斯基特摸了摸他的胡子。“我可不是这方面的专家，”他回答，“但我觉得，值得试一试。我可以开车带你们到镇上转一圈。如果事情有蹊跷，我们可以马上离开。”

“杰克，我们去吧！”泰勒恳求道。

杰克心中很是忐忑，但他还在为前天晚上和弟弟吵架的事感到内疚。

他很不情愿地点了点头：“好吧，但我们必须小心。”

泰勒站起来，抱住了哥哥：“一切都会好起来。你会明白的！”

孩子们收拾好东西之后，斯基特开车带着他们和科迪来到了镇上。他把车停在了那条小商业街尽头的一家餐厅外面。“好了，”他说，“公园管理处就在这条街上，过了汽车旅馆就是了。我在这儿喝咖啡，你们过去瞧瞧吧。”

“可以让科迪跟你待在一起吗？”杰克问，“如果它跟我们一起走，会引起太多注意的。”

“当然，”斯基特说，“科迪一会儿可以和我回到卡车上等着。然后，我们再把泰勒送到那家诊所里，去看看他的腿伤。”

“谢谢。”

孩子们把大背包留在了斯基特身边，但杰克带了个小包，里面装着爸爸的日记本、布尔的现金，还有两样其他东西。他们沿着人行道往下走，杰克感觉心跳越来越快。他不喜欢有人看管他们——比如社工组织，但他们必须打听打听妈妈的情况，泰勒的想法没错。

“我们该怎么做？”泰勒问，他们正沿着那条街往公园管理处走去。

“我可能得一个人进去。”杰克说，“你就待在外面，如果有情况，你就跑回去找斯基特。”

“可是，我也可以跟你一起进去吧？”

“那个……”杰克支吾着，他们已经走近了斯基特说的那家汽车旅馆，“也是个好主意，只不过……”

“只不过什么？”

杰克还没来得及回答，就看见一辆黑色的卡车停在拐角处，避开了主干道。杰克愣住了，感觉一阵恶心。他认识这辆车，无论在哪儿他都能认出这辆车。他简直不敢相信。他们离家多远并不重要，重要的是，布尔找到了他们。

“这是个陷阱！”杰克在心里大喊。那个他们以为已经永远抛下了的凶悍的身影一阵风似的跳下卡车，砰的一声关上了车门。

“布尔！”泰勒倒抽了一口气，抓住杰克的胳膊。

“快，泰勒！”杰克大喊着转身就跑。

“杰克，我跑不动！”泰勒大叫。布尔立刻冲了过来。他绕到卡车前面，抓住了孩子们的胳膊，怒气冲冲地大吼着。

“看哪，我遇到谁了？！”他冷笑着。

“放开！你放开我们！”泰勒嚷嚷着，想从布尔的手里挣脱，但无济于事。没等杰克和泰勒反应过来，布尔已经把他们带进了附近的汽车旅馆。他推开房间的门，把孩子们扔到床上，然后砰的一声关上了门。

“你俩特地跑来一趟，真是太周到了。”布尔站在他们面前，斜睨着他们，“你想想，我恰好在这儿订了一间房。不得不说，命运就是眷顾有准备的人啊。”

“你来这儿做什么？”泰勒倒抽了一口气，仍然无法相信那个人就站在他面前。

布尔脸上的笑容变得刻薄起来：“你个小鼻涕虫，你觉得我来这儿要做什么呢？我发现你们拿着我的钱跑了，但追上你们也没有那么难，你们一路都留下了线索——到处都是你们的照片。多么幸运啊，找到你们的人，竟然是我……那么现在，我想得到我应得的奖励。”

“你在说什么？”杰克大喊。

“你们拿走了我的一大笔钱，我想要拿回来——立刻！”

“你不能动我们——我们知道你开枪打死了那个家伙！”泰勒对他说，“公园管理处的人已经知道我们在这里了，他们正在找我们呢，我们会把一切都告诉他们！”

布尔大笑起来："哎呀呀，你以为最开始是谁告诉了他们？我知道只要提到你们的妈妈，你们就一定会从木头堆里爬出来。"

杰克暗自懊恼，他最担心的事变成了现实。

"她在哪儿？"杰克问。

"你打了她，是吗？"泰勒急切地想知道。

布尔嘲笑着他们："你觉得呢？如果你们不把我的票子还给我，我对你们会恶劣得多。"

布尔伸手去抢杰克的小包，但杰克拽了回来。拉扯时，包上的拉链裂开了，几张爸爸的日记掉落在地上，还有写给他们的妈妈的信。杰克跳到了床的另一边。

"这是什么？"布尔笑了，"麋鹿之颈？瀑布？你们的老爸真是个疯子！"

"离我们远点儿，布尔！"杰克大喊。

"废话说够了。"布尔吼了起来，他拿出了那把让孩子们印象深刻的手枪，直指杰克。泰勒立刻跑了过来，挡在哥哥身前。

"放了他，布尔！"泰勒大喊。

"如果你们不把那个小包给我，我会立刻开枪把你们俩都打死。我需要那些钱！"布尔说。

杰克不想把钱交给布尔，但他很清楚，他和泰勒被困住了。于是，他把小包的拉链打开，拿出那个装着钱的封口塑料袋。他把包放在床上，往前绕过床尾，把袋子递给了布尔。

布尔拿到钱时，眼睛都在放光。

“你拿到你想要的东西了，”杰克说，“放了我们和妈妈吧！”

布尔冷笑了几声：“你们的妈妈已经死了。而你们两个小毛孩儿和我还有点事儿没办完。”

布尔举起了那把左轮手枪，准备用枪狠狠地往杰克的脸上打。然而，就在布尔开始挥动手臂时，杰克听见啪的一声响，什么东西飞了过去。

布尔大叫起来，扔下那把枪，捂住了半边脸。杰克回头看见泰勒的手里拿着弹弓。

布尔痛得一边嚷嚷，一边弯下了腰，鲜血从他的手指缝儿里淌了出来。杰克不假思索地从壁式插座上拔下一盏台灯，高高地举了起来，然后重重地砸在了布尔的头上。这个高大的男人扑通一声倒在了地上。

杰克恐惧地看着眼前的景象。这个他曾经一直惧怕的男人就倒在他的面前，深红的血滴在旅馆房间破旧的地毯上。

“我的天哪。”他喃喃低语。

“快，杰克，我们得走了。”泰勒低声催促着，推了推杰克。杰克一松手，手里的台灯掉落了，但脚却生了根似的站在原地一动不动。

“真得走了，杰克。”泰勒喊了起来，“我们必须离开，立刻就走！”

杰克只是睁大了眼睛发愣：“我都干了些什么！”

第十章

泰勒从布尔的手上拿回那个装满了钱的封口塑料袋，塞进他的小包里。又有几页纸从爸爸的日记本中掉落在地上，一起掉落的还有信——他全部收拾起来，也都塞进了包里。

“快点！”他又催促杰克。

“他死了吗？”杰克盯着布尔问。

“我不知道，但我不想知道！我们得离开！”

杰克面无血色，但泰勒匆匆收拾东西的景象忽然把他拉回了现实。他们不能再待在这儿了。现在不行。

收拾好东西，杰克和泰勒跑出汽车旅馆，回到了街上，把布尔和他那辆黑色的卡车留在了身后。

他们沿来时的路往回跑，一边走一边回头，忽然看见斯基特就在前方，从他的绿巨人卡车里钻了出来。即便隔着一段距离，他们仍然能够看出来，斯基特的脸上有担忧的神色。

“你们还好吗？出了什么事？”

“我们要离开这儿。”杰克喘着气，极力掩饰着自己的慌乱。

“为什么？出了——”斯基特刚想问，杰克就打断了他：“走吧！”

他们全都上了车，斯基特直接把车开出了小镇。开车途中，斯基特问他们出了什么事。

杰克支吾着：“他们根本不知道妈妈的事。”

“他们说了些什么？怎么你俩都那么累？”斯基特继续问道。杰克感觉自己的大脑就要超出负荷了——布尔倒在旅馆房间里的画面一直在他的脑海中浮现，他开始不停地冒冷汗。

泰勒一直很安静，却有些不安地看着杰克，而杰克一直都有些恍惚，呆呆地看着窗外。

斯基特点点头：“好吧，如果你们真的想这样。也许我应该直接把你们扔到警察局，让那些人去照顾你们。”

“不要！”泰勒说，“我们得找到爸爸。如果我们去警察局，我们就永远也找不到他了。”

“孩子们，我不知道……”斯基特说。

“泰勒说得对。”杰克说，他忽然有些狂乱，“斯基特，求你了，我们已经走了这么远！求你了。你要帮帮我们！”

斯基特一直在开车：“你们真的知道要去哪儿找吗？”

“不太知道。”杰克有些迷糊，“但在小屋里，我仔细看过爸爸的留言和你的地图，我想，我把范围缩小了一些。”

杰克一股脑儿地把自己的想法都说了出来，而斯基特听完后陷入了深思：“那是个非常出名的地方，但不容易去。没有路可以开车过去。”

“你能把我们送到离那儿最近的地方吗？”

斯基特摸了摸他的胡子。

“可以，孩子们。我想我可以。”

斯基特开车带着孩子们回大提顿国家公园。当他们穿过麋鹿小镇时，泰勒忽然惊叹起来：“杰克，等等。这座小镇的名字叫麋鹿。这儿会不会就是爸爸在日记里说的那个地方？”

“很有可能，”杰克说，“但我想爸爸想到的可能是另外一种麋鹿。”

斯基特继续向前，开到了莫兰枢纽，然后左转。他没有往前开到黄石国家公园，而是转入了一条小路，这条路通往一个小小的码头。在一个小港湾里，几十艘船停在杰克逊湖平静的水面上。斯基特停好车，熄了火。

“我们到这儿来干吗？”泰勒问。

“听我说，”斯基特回答，“看看湖对面。你们看见那个陡峭的山谷了吗？”

“看见了。”

“那里叫作瀑布峡谷。如果你们仔细看，就会看见有两条层叠的瀑布。虽然从这边看不太像，但每条瀑布的高度都超过了六十米。”

泰勒看着杰克：“其中一条瀑布是爸爸在信中提到的吗，杰克？你怎么知道的？”

杰克指着距离岸边不到一公里的那座低矮的小岛：“因为那就是麋鹿岛。”

泰勒咧嘴一笑：“你是怎么发现的？”

“我是看了斯基特的地图才知道的。然后，我看见这座岛和两条瀑布与信中提及的线索一致。要找到爸爸所说的那座隐藏山谷的方向，他说要向西看，眺望麋鹿之颈的另一边，看到那个野花凋落的地方。”

“那些瀑布就叫作野花瀑布吗？”泰勒迷惑地问。

“科伦拜恩瀑布，”斯基特澄清，“科伦拜恩又叫耧斗菜，是一种野花。”

“啊……”泰勒明白了，“但是，杰克，那些瀑布在湖的另一边。我们怎么过去呢？”

“就交给我吧。”斯基特说着，跳下了卡车，“带上你们的行李。”

孩子们和科迪跟随斯基特来到一座码头。码头旁边有个长长的东西被盖在防水布下面。斯基特揭开防水布，那是一艘漂亮的森绿色双桨玻璃纤维独木舟。

“这是你的吗？”杰克问。

“没错。经营码头的那个家伙告诉我，夏天可以把船停在这儿，让我省了不少绕路的工夫，估计也能给你们省下不少工夫。”

“你打算让我们划船过去吗？”泰勒问。

斯基特咧嘴一笑：“我说，如果能回来，你们得把船还给我。否则就把船停在对岸吧，我晚点儿再去取。从这里到对岸约有五公里。我估计，如果你们使劲儿划，也许一个小时就到了——除非起风了。那样事情就难说了。”

“没有风。”泰勒看了看，“我们不会遇上麻烦的。”

“别太肯定了。”斯基特警告说，“在这座湖上，我见过翻船的事。好了，快去吧！”

孩子们把船运到水边，把背包扔进去，穿上了船里的救生衣。

“跳进去！”泰勒对科迪说。这只小狗跳进了独木舟里。

他们上船之前，都跟斯基特握了握手。“感谢你的帮助。”杰克说。尽管现在他心里还很混乱，但他清楚地知道，如果没有斯基特的帮助，他们不可能走得这么远——他们跟着斯基特学了不少本领。如果没有他，在荒山野岭中，他们将寸步难行。

“是的，”泰勒说，“你救了我们。”

斯基特咧嘴一笑：“只是报答你们罢了。行了，上船吧，离开这儿！”斯基特用没有受伤的那只手帮他们把船推离了岸边，孩子们开始划桨，没有再回头看。

孩子们把船划到了开阔的水面上，穿过牛岛和麋鹿岛的北端，笔直地驶向湖对岸的瀑布大峡谷。科迪前爪搭在小船的边缘，看上去像是这艘船的船长。

杰克是主力划船手，而泰勒只是帮帮忙，两个人很快就划了一两公里。“过一会儿我们就能划到对岸了。”杰克心想。

忽然，吹来一阵北风。为了避免被一路吹到湖的南端，孩子们不得不往西北方向顶着风使劲儿地划桨。

“哎呀，好家伙。”泰勒嚷嚷着，他很快便划累了，“斯基特说中了，湖面上的风太厉害了。”

杰克一声不吭，只是努力地划着桨。这活儿虽然吃力，却是个喘息的机会，让他可以摆脱一直在脑海里盘旋的思绪。上一刻他还在回想汽车旅馆中的布尔，脑海中不断地回放着发生的一切；下一刻他就奋力地划着船桨，任湖水打在他的脸上，模糊了他的视线。他不断地告诉自己，他不得不那样做——那是正当防卫，对吗？但警察会那样想吗？如果他真的把布尔杀死了呢？那他就变成了一个怪兽——就像布尔一样。

湖风继续向小船袭来，把整条船变成了一张巨大的船帆。很快，杰克的胳膊和后背就开始酸痛了。孩子们感觉像在湖面上划了好几个小时，终于，他们期盼已久的湖岸进入了视野。孩子们跳下船，感受着脚下铺满了小石头的湖床。他们把小船一抬到岸上，就精疲力竭地倒在了地上。

“好家伙，太累了。”泰勒嘀咕着。

“确实。”杰克回答。

休息了一会儿，恢复力气之后，孩子们把斯基特的独木舟藏在了几棵松树之间，然后，依依不舍地背起了背包。

“你觉得怎么样？”杰克问。

“我的腿没事了。”泰勒说，“我只是没力气了，全身像散了架一样。”

“要不你就在这里等着，我去看看有没有线索吧？”杰克问。

泰勒摇摇头：“我可以跟你一起去，只不过，走一会儿就得休息一阵。”

“没问题。”杰克说。他把斯基特给他的那个大背包背在肩上，然后把自己的小背包挂在胸前。等弟弟也准备妥当之后，两人便出发前往瀑布峡谷了。

这个峡谷的形状像个大写的“U”，峡谷里到处都是数千年前冰川留下的痕迹。没有登山的路，地势险峻。孩子们不得不攀爬山岩，跳过倒在地上的树干和其他障碍物。他们眼前亦真亦幻的景色像是一个完美的背景，衬托着他们经历的这场奇遇。

尽管孩子们在大提顿山脚下生活了几天，他们仍然感觉像是第一次进入山里。杰克慢慢转身，环顾周围错落的山峰、冰川和森林。

他们越往上走，山坡越陡峭。然后，他们看见了——前方是一条巨大的瀑布。

“就是这里，”杰克说，“科伦拜恩瀑布。”

“哇，”泰勒说，“我们要爬上去吗？”

“我估计要爬上去。这就是地图上显示的爸爸所在的地方。”

“如果那儿没人怎么办呢？”

杰克看着泰勒的眼睛，耸耸肩：“我们已经走了这么远，没理由现在回去。”

在瀑布下面，两个孩子仰着头，打量着岩层。

“你觉得咱们能爬到顶吗？”杰克问。

“我可以。”泰勒说，咬紧了牙关，异常坚定，“我建议从左边上去。那里虽然很陡峭，但并非不可能。你说呢，科迪？”

听到自己的名字，科迪汪汪叫了两声，摇了摇尾巴。

“那好，就从左边上。”杰克说。

攀岩是个挑战。他们一次又一次彼此帮助，爬上了陡峭的山坡，翻过了滑溜溜的碎石地。他们沿着那条蜿蜒曲折的路，渐渐绕过了瀑布。

“至少，我们不用爬野花瀑布，那儿还要高一些。”杰克喘着气说。

泰勒已经累得笑不出来了，两人继续往上爬着。

终于，他们爬到了最高处。左边，瀑布上游的水流汹涌而来，层层叠叠；在孩子们的右边，波涛奔流直坠四五十米深的下方。他们小心翼翼地走近了一些，杰克瑟瑟发抖地看着这个深渊。

“好家伙。”泰勒说道，他也看着那条奔流直下的瀑布，“很高兴我们不用从那儿下去。”

忽然，一个粗哑的声音响了起来：“别那么肯定。”

第十一章

孩子们转过身。布尔满头大汗地站在他们面前，手上拿着一把手枪，脸上还粘着已经干了的血渍。泰勒大叫一声，杰克屏住了呼吸——他还活着！

“布尔！”杰克惊呼，“这是怎——？”

“那盏台灯你应该再挥得用力点儿。”布尔嘲笑道，“我总是说，你没什么运动天赋。”

忽然，杰克再也不必担心他是否杀了布尔——这个人活得好着呢。杰克不知道是应该松一口气，还是应该觉得恐惧。孩子们倒退了一步。科迪站在原地，汪汪直叫。

“你们最好让那只狗闭嘴，不然它就得先尝尝子弹的滋味了。”布尔对他们说。泰勒立刻蹲下来制止了科迪。

“我一直在想，你们仨什么时候会出现。”布尔继续说道，“你们让我等了很久。”

“你是怎么过来的？”泰勒结结巴巴地问，脸色苍白得就像面对着那只山猫妈妈。

布尔挥了挥手中的几张纸。杰克认出来，其中一张是他在破解爸爸的线索时画的草稿，而另一张是爸爸的一封信。“原来你当艺术家比当运动员有天赋多了。”布尔说，“有了这张纸和你的疯子爸爸留下来的那些线索，找到这儿来一点儿也不费力。而且，附近那些热情的乡亲们也帮了我不少……甚至不费唇舌。显然，你们这两个孩子绕了远道。”

布尔走近了一些，想用空着的那只手去拽杰克的背包。

杰克和泰勒已经倒退到了瀑布的边缘。

布尔大笑起来：“看来这次你们无路可退了，孩子们。自己选吧：要么死于枪下，要么跳下瀑布。”

杰克开始慢慢卸下背包。这时候，一个声音忽然响了起来：“给我放了他们！立刻！”

一个留着褐色长发的高大男人从布尔身后的灌木丛中跳了出来。布尔转身，准备开枪，但科迪立刻挣脱泰勒的掌控，跳了出去，一口咬在了布尔的脚踝上。布尔手忙脚乱地开了枪，但子弹却打在了旁边的石头上。那个高大的陌生人等的正是这个机会，一拳打在了布尔的下巴上，把他打得眼冒金星。但布尔毕竟身强力壮，并没有摔倒在地，他又举起枪准备开火。

这一次，陌生人整个儿扑向了布尔。杰克和泰勒听见了布尔摔倒在地时肋骨断裂的声音，他的手枪摔在了石头上，掉进了湍急的水流中。布尔和陌生人扭打起来，他一拳挥去，打中了陌生人的下巴。陌生人在倒地的同时，一只脚狠狠地踢在布尔的腰上。

布尔喘着粗气，扑倒在地，但也一脚踢了出去，击中了陌生人的腹部。两个人扭打着，踢来踢去。杰克和泰勒看得一头雾水。

“虽然我——我不知道你是谁，”布尔慌乱中说道，鲜血从他的脸颊上淌了下来，“但你会为此付出代价的。”

布尔再次扑向陌生人，他使出浑身的力气挥出手臂。陌生人低头一躲，刚好躲过了这一记原本会打在他脑袋上的重拳，两个人调了个个儿，现在陌生人背对着瀑布。

布尔狰狞地笑了：“你的瞎掺和到此为止。最好祈祷吧。”

布尔往前猛冲，但这次陌生人有所准备了。他侧身避开了布尔，躲过了这一记重击。布尔想刹住，但脚下湿漉漉的松动板岩比冰面更滑，这一记失手的重击让他顿时失去了平衡。布尔大喊着跌进了湍急的水流中。他拼命地想抓住身边的一块大石头，又疯狂地扑向另一边的一块石头，但他的手只在湿漉漉的石头表面抓了几下。他的眼睛惊恐地瞪圆了，凄厉的叫声响彻山谷。还没等大家反应过来，奔涌的水流就卷住了布尔，把他冲到了瀑布边缘。

杰克和泰勒站在倾泻而下的瀑布旁边。泰勒伸手拉住了杰克，把他的手攥得紧紧的。杰克转身看着那个救了他们的男人。他看上去和孩子们一样不知所措。

但他看起来那么面熟。

倒不是因为他的长发和拉碴的胡子，而是那双眼睛。杰克认出来那双眼睛和自己的眼睛一样。有一瞬间，他简直不敢相信，但现实摆在眼前，无法忽略。

“爸爸？”

泰勒也转过身来，迎上那个男人的凝视：“什么？”

三个人面面相觑了一会儿。孩子们不可思议地彼此看了一眼——他们做到了。他们几乎横穿了美国，克服了所有的困难，现在，他们终于找到他了。

尽管意识到摆在他面前的是一件不可思议的事，他们的爸爸阿贝·怀尔德还是对孩子们伸出了双臂：“到这儿来。”

孩子们扑进了爸爸的怀抱。良久，谁都没有说话——没有人需要说话。多年来，他们第一次相聚。

终于，阿贝把他们推开了：“让我看看你们。你们都还好吗？”

泰勒点点头。

“是的。”杰克低声说，他几乎无法相信眼前的一切。然后，他又大声说了一遍：“是的！”声音中尽是喜悦。

阿贝立刻看到了泰勒的腿：“这是怎么了？”

“我不巧遇见了一只山猫。”泰勒回答。

“但那只是个开始。”杰克继续说。

阿贝的大手在孩子们的肩膀上捏了捏，眼泪开始从他的脸颊上滑落。

“我们得给他处理一下伤口。重要的是你们……你们来了。”

“你怎么知道我们在这里？”泰勒问。

“我每年都来这儿。你们收到我写的信了吗？写了线索的那封信？”

“我们收到了几封信。”杰克说，“你还写了其他的信吗？”

“我每年写一封，”阿贝说，“盼望着那些信能寄到你们手里。”

“可能被布尔拿走了。”泰勒说。

阿贝的眼睛忽然变得黯淡了：“刚才那个就是布尔吗？”

泰勒点点头：“就是他——简直就是个——”

“他一路跟着我们到了这里。”杰克打断了弟弟的话，“他在匹兹堡一直跟我们生活在一起，但他只是为了妈妈的救济金。”

“我们坐一会儿吧，”阿贝说，“你们最好把来龙去脉都告诉我。”

三个人和科迪坐在瀑布边几块长了青苔的大石头上。阿贝拿出几个栗子、肉干，还有浆果干，孩子们一边吃一边告诉阿贝过去的几个星期——乃至过去几年发生的事。阿贝只是偶尔提问时才打断他们，等他们讲完时，他摇了摇头，眼泪再次涌了出来。

“孩子们，我很抱歉。我从来没想过要让你们经历这些。但我不得不说，我为你们感到骄傲，你们克服的困难比同龄人多得多。实际上，我不应该再称你们为孩子，你们所做的一切，许多成年人都做不到。”

“好吧，”泰勒咧嘴一笑，“我们还带着一只世上最好的小狗。”

阿贝大笑起来，伸手拍了拍科迪：“的确如此。”

然后，他又变得严肃了：“你们的妈妈怎么样了？她还好吗？”

杰克和泰勒对看了一眼。

“我们真的不知道。”杰克说，“我们离开时，她还在医院里。等我们要去打听她的情况时，布尔就在镇上抓住了我们。”

“是的，”泰勒说，“我们能去打听打听吗？我们能把她带到这里来吗？”

这时暮色已经降临。“我们还有许多事情需要弄清楚，孩子们。我想，我们今晚最好在这里扎营。等到明天早上，我们就开始新生活了。”

“你还没跟我们讲关于山谷的事呢，”杰克说，“你真的找到那座山谷了吗？是真的吗？”

尽管夜色渐深，杰克仍然能看见爸爸脸上展现的笑容。“是啊，我找到了。从这里走上一段路，到黄石公园边上就是。我遇上你们的朋友斯基特之后，没过多久便找到了。我在那里搭建了一栋小木屋，我们大家都能住进去。”

三个人打开睡袋，铺在离瀑布边十米远的苔藓地上。他们一直说着话，直到杰克发现，在北边的特拉珀峰上有一缕淡淡的绿烟。起初，他以为是自己太疲劳，眼睛看花了，但那团绿烟越来越浓，越来越精致。

“啊，孩子们，今晚天空正在为我们表演精彩的节目呢。”爸爸说。

“那是什么？”泰勒问，“暴风雨吗？”

“那就是北极光啊，孩子们。”

“北极光。”杰克喃喃地说道，忽然明白过来。

“我们太幸运了。北极光很少能在这么远的南方天空看见。这肯定是个好兆头。”

杰克凝望着上空壮丽的景色，心满意足地长出了一口气。他仍然无法相信自己看见的一切，无法相信爸爸就坐在自己身边。

“真是幸运的一天啊。”他想。